深表遺憾，
我病起來
連自己都怕
7
作者 小鹿
繪者 Mocha

連自己都怕起來 深表遺憾,我病起來連自己都怕

相關病史一覽

病歷號碼	●●●●●●
姓　　名	●●●
年　　齡	●● 歲 ● 個月

病況描述

序章

「小武。」

在過往的某日，正在看輕小說的季晴夏突然叫了我一聲。

「這本小說很有意思喔。」

「喔？竟然被晴姊這樣評價，那本小說一定非同小可，故事在說什麼呢？」

「勇者踏上旅途，把魔王一刀砍死的故事。」

我等待季晴夏繼續往下說，卻沒想到她說完後就閉口不言，只是露出微笑。

「……該不會，就這樣而已？」

「是的，就只有這樣。」

季晴夏揮了揮手上的書。

「沒有任何有趣的設定，也沒有任何驚異的轉折，整篇故事的主軸就是『勇者打敗魔王』，僅此而已。」

「聽起來一點意思都沒有。」

「不會啊，在現代極盡所能的爭奇鬥豔故事中，如此老套的發展可說是一點都不老套耶。」

「晴姊還真是喜歡這種東西耶。」

仔細一想，她也很喜歡八點檔之類的戲劇。

「老梗就是最好的。」

季晴夏將書蓋在臉上，就像是要遮演自己的表情。

「因為所謂的老梗，不就意味著會有皆大歡喜的結局嗎？」

「嗯……？」

總覺得季晴夏的語氣跟平常相比有些不同，是我多心了嗎？

「就以我剛剛說的勇者打魔王的故事來舉例吧，平凡無奇的故事中，其實隱藏了有趣的含義。」

「有嗎？」

「小武認為是什麼呢？」

「嗯……人類都期許正義和美好的事物？」

「錯了。」

季晴夏搖了搖手，乾脆地否定了我。

「那只是表面的好聽話而已。」

「什麼意思？」

「若人們真的期許美好的事物，那根本就不需要魔王的存在吧？只要有勇者就夠了。」

「嗯……」

「不覺得很奇怪嗎？勇者象徵著正義，但在他踏上拯救世界的旅途前，必定會先出現魔王將世界破壞殆盡。」

季晴夏豎起食指。

「真要說的話，『真正的勇者』，應該是要在世界變成這樣前將魔王消滅，拯救大家才對吧？」

「可是——」

我話說到一半住了嘴。

因為接著的話，是充滿私心的話。

但是季晴夏仍毫不留情地將我內心想的話挖了出來。

「我知道你想說什麼，若是在魔王毀滅世界前就將其殺了——」

季晴夏露出嘲弄的笑容。

「故事就不好看，人們也會因此不滿足，對吧？」

「…………」

「到頭來，人們所期望的並非正義，而是『正義打倒邪惡的過程』。」

「正義打倒邪惡的過程……」

「要是沒有邪惡，就無法成就正義。」

季晴夏不知為何望著遠方，就像是預知了什麼似的不斷說著。

「要是沒有打倒魔王，勇者就無法被歌頌。

「要是世界沒有被破壞過，就無法出現拯救的人。

「要是沒有人散發絕望，那也不會有人帶來希望。

「人們其實一點都不祈求正義——

「人們祈望的是正義必勝邪惡。」

「聽晴姊這麼一說，突然覺得本來平凡的故事變得好可怕。」
我們並不只是祈求美好的事物，同時也期望邪惡的存在出現。
看著笑吟吟的季晴夏，我突然覺得有點害怕。
儘管只是個再普通不過的故事，她都能從中品出其他味道來。
人類的本能，會恐懼未知的事物。
不管跟她再親近，不管和她相處多少時間——
她依然是個無人能理解的怪物。
「你想得沒錯，我跟你們不同。」
看穿我心聲的季晴夏平淡地說道。
「但就是因為身為怪物，我才能抱有『世界和平』的非人願望，不計任何代價的拯救世界。」
多年後我才明白。
她在這時就有了製造病能者的念頭。
之後的十多年，世界被季晴夏的「病能者計畫」搞得團團轉。
「小武。」

「嗯？」
「還記得我一直掛在嘴邊的口頭禪嗎？」
「記得。」
「當你生時，一人哭，眾人笑；當你死時，一人笑，眾人哭。」
「可是，晴姊並不滿足於此吧？」
「是的，我希望當我死時，所有人都會歡快地露出笑容。」
季晴夏手撫著胸膛。
「當我生時，一人哭，眾人笑；當我死時，一人笑，眾人『笑』。」
當聽到她這麼說時，我在心中深處暗暗鬆了一口氣。
既然抱持這樣的願望，那麼不管季晴夏的思想多麼異於常人，那都不用擔心吧？
畢竟，她希望自己死時，所有人都為其開心——
——咦？
此時，不知為何，我突然意識到了某種不對勁。
驚懼的我看向眼前的季晴夏，只見她露出純白無垢，完全不像人類的笑容，對我拋出了奇怪的問題。
「什麼樣的人在死掉時，眾人會拍手稱快呢？」
「該不會、該不會晴姊妳——」
妳想成為的東西是——
心中浮現的答案，讓我再度說不出話來。

「小武。」

單手扠著腰，季晴夏露出一如既往的自信笑容。

「若是我之後成為魔王——」

「你願意成為打倒我的勇者嗎？」

Chapter 1
真正的病能者之王

「為什麼……在此時想起這段過往？」

嘴角流出血絲，我趕緊用袖子擦掉。

「因為你終於明白了那是怎麼回事。」

眼前被黑霧纏繞的「季雨冬」，露出了漆黑的笑靨。

整個四季中到處都是火光。

所有居民都在和「黑霧人偶」戰鬥，沒有人察覺我們這邊的異狀。

胸口被「季雨冬」捅穿的傷口還沒好。

雖然有用感官共鳴的病能操控肉體和血管，加速傷口的治癒，但仍然不能更改我重傷的事實。

失去的血液不會回來，我感到頭重腳輕。

「四季王。」

我身旁的葉柔，不著痕跡地站到了我身旁，攙扶住我輕聲說道：

「別擔心。」

葉柔以她的行動，告訴了我她就在身邊。

感受著她輕柔但又堅定的扶持，我的腳步不再虛浮不定。

我向著「季雨冬」提問：

「妳的意思是，晴姊想要成為滅世的魔王嗎？」

「是的。」

「為什麼她要這麼做？」

「因為她要拯救世界。」

「都說要滅世了，那又怎麼拯救世界？」

「先要出現魔王破壞世界，才會有勇者出現的空間吧？」

「季雨冬」伸出手來，身邊的黑霧也隨著她的動作而抖動。

「魔王的存在是必要的，為了世界，季晴夏願意成為大家恐懼的代號。」

「就算晴姊最後真的成為魔王，也對救世沒有任何幫助。」

「為什麼？」

「因為不管晴姊有多異於常人，她終究是一個人，無法代表『一個物種』。」

因為人殺人的數量過多。

使得不管是人類還是病能者腦中，都埋著恐懼炸彈。

只要這個炸彈引爆，就會成為「恐懼人類」，本能的對人類這個物種感到恐懼，進而自殺和互相殘殺。

「為了讓人類腦中的恐懼炸彈轉移目標，晴姊才製造了病能者出來。」

靠著恐懼彼此，人類和病能者得以逃避腦中的「恐懼炸彈」而存活。

「就算晴姊成為魔王，她也無法拯救大家！」

因為需要的是「群體」而非「個人」。

人類必須害怕病能者。

病能者必須害怕人類。

靠著敵視極度相似但又全然不同的「另一個物種」，恐懼炸彈因此延後了引爆。

「你說得對，需要的是『群體』而非『個人』，晴姊就算成為魔王，也無法轉移大家腦中的恐懼炸彈。」

「既然無法替代病能者這個群體成為『恐懼的象徵』，那為何晴姊還是想成為魔王？」

「你之所以認為沒有意義，只是因為你沒參透其中的奧祕而已。」

「那麼告訴我，到底『病能者計畫』究竟是什麼？」

我緊握雙拳，強自支持開始模糊的意識問道：

「晴姊到底擬定了怎樣的救世計畫？」

「我之前就已說過了。」

「季雨冬」露出染著黑氣的笑容。

「病能者研究院的『刪除左邊』、家族之島的『最強電腦』、祕密之堡的『季曇春』、和之島上的『幻肢殭屍』，這些全都是有意義的。」

「至今為止發生的事……？」

「這全是病能者計畫的前置準備，在一切就緒的現在，季晴夏的救世計畫將邁入最終階段。」

「那麼，在病能者計畫中，妳又是扮演著怎樣的角色。」
我看著她的雙眼問道：
「『雨冬』，妳到底想做什麼？」
我一直不明白她究竟是季雨冬還是季晴夏。
但隨著談話越來越多，我明白了。
在述說病能者計畫時，她一直以第三者的角度在進行。
她從沒說過「我的」救世計畫之類的話。
「…………」
聽到我這麼說，季雨冬沉默下來。
「抱歉我第一時間沒認出妳來。」
我往前走了幾步，強自壓抑自己內心的激動。
「但是妳還活著真是太好了。」
「……」
「這些日子來，我沒有一天不念著妳。」
「…………」
「雖然我不知道妳為何變成現在這樣，但是別擔心，一切都結束了。」
我向她伸出手。
「回來吧，讓我們一起來拯救晴姊——」
——啪！

一陣清脆響亮的聲音響起。

我不可置信地看著自己的手。

「別過來！」

季雨冬狠狠地將我伸過去的手拍落！

「我說過了，我是你的敵人！」

即使我已認出她是季雨冬，但是她的自稱詞依然沒有改回奴婢，也沒有再叫我武大人。

究竟在她身上發生什麼事了？

「我要阻礙你，也要阻礙季晴夏的計畫。」

圍繞在她四周的黑氣突然大盛！

「我不會讓病能者計畫成功的！」

像是龍捲風一般的黑霧包圍住了她，完全掩埋住了她的身影。

下一瞬間——

「咦？」

季雨冬瞬間消失無蹤。

她原本站的地方空無一人，什麼都沒有。

「危險！四季王！」

在我身旁的葉柔猛力一扯我的身體！

——唰！

一隻左手憑空出現，刺穿了我身上的白袍！

我轉頭一看，只見黑霧再度裹住了那隻左手，將左手吞到了虛空中。

「『不可理解』……是嗎？」

用「不可理解」的病能裹住自己的身體，然後再逼近我攻擊嗎？

「妳就這麼想殺了我嗎？雨冬。」

要是過去的我，光是剛剛的攻擊就會讓我心靈崩潰吧。

但是我已跟過往的我不同了。

「就算如此，我也不會怪妳。」

我張開雙手，露出笑容。

「這條命是妳救的，要是妳想收回，那也沒關係——」

——唰！

我話還沒說完，藉著「不可理解」的掩護，季雨冬的左手再度突然出現！

她五指手指併攏，將自己的手化作了名為貫手的凶器。

因為沒有反應時間加上出乎我意料的關係，季雨冬銳利的指尖迅速逼近，直到碰到我柔軟的眼球——

「不行！」

葉柔再度推了我一下，讓我稍稍偏了偏頭，閃過了這道攻擊。

我的臉頰被貫手稍稍擦到了一下。

但僅是如此，皮膚就像被刀割開般留下了深深的傷口，汩汩地流出鮮血。

「……這幾乎可以跟雲悠然媲美了。」

我摸著臉上的傷口，為季雨冬攻勢的力道和速度而驚訝。

「四季王！退後！」

葉柔將我拉到她身後，舉起了刀。

「就算是雨冬姊姊，我也不會讓她動你一根寒毛的！」

「等一下，葉柔——」

我本來怕葉柔傷到季雨冬。

但之後的演變，證明了我的判斷完全錯誤。

——唰！

葉柔的貫手攻擊第三次襲來！

過於快速的攻擊，產生了聽到了就毛骨悚然的銳利風聲。

葉柔一個閃身，讓季雨冬的手插到了身後的牆壁！

——砰！

「…………」

就像被光束砲轟到一樣，牆壁上出現了深不見底的黑洞！

——唰！

還沒等我們喘過氣來，下一波攻擊再度襲了過來！

而且，這次是連續攻擊！

——唰！唰！唰！唰！唰！唰！唰！唰！唰！

上、下、左、右的極近距離，毫無道理地出現季雨冬的左手！

不管是視野所及之處還是看不到的地方，全是她的貫手！

我都忘了。

除了「不可理解」外，季雨冬身上還有另一個病能。

「小心啊！葉柔，那是『他人的手』——『晴姊的左手』！」

「不管是誰的左手都無所謂。」

葉柔深吸一口氣。

「只要是危及我性命的事物，那我就什麼都看得到！」

就像是流水一般！

葉柔以順暢到讓人打寒顫的軌跡移動她手上的刀。

她並沒有使用任何力氣，只是單純地將銳利的刀鋒「放」在季雨冬的左手必經之路。

不管季雨冬的左手從哪個死角出現，葉柔的刀都能如影隨形地擋在我和雨冬的貫手之間。

但雨冬也不是省油的燈，她的手總是能在觸及刀鋒之前就收回。

肉色的手、鐵色的刀，黑色的霧三者不斷交纏，讓我的面前就像是放著一場三色的煙火。

因為完全沒有任何碰撞，所以除了銳利的風切聲外，這場煙火一點聲音都沒有。

不過這樣的寂靜無聲，反而更增添了壓迫感。

我周遭的空氣就像是凝結起來一般，讓我的呼吸感到十分不順。

「那麼，這樣如何呢？」

黑霧消散，季雨冬緩緩走了過來。

她伸出兩根手指，以輕柔的動作夾住葉柔的刀。

因為情況尚未嚴重到危及葉柔的性命，所以她完全沒有任何反應。

「斷！」

就像是蟹鉗一樣！季雨冬兩根手指用力一挾，竟就這樣將葉柔的刀攔腰夾斷！

「…………」

拿著手上的斷刀，葉柔沉默了下來。

「沒有刀的刀客，還能妨礙我嗎？」

季雨冬無視葉柔，想要略過她走到我身旁。

「別阻止我，安心吧，我不會傷害季武的性命的——」

「等一下，雨冬姊姊。」

葉柔伸出手去，搭住季雨冬的肩膀——

——砰！

大量的塵土飛揚！

「咦？」

躺在地上的季雨冬，發出了詫異的聲音。

就連一旁的我都沒捕捉到葉柔做了什麼。

等到聲音響起時，我們才驚覺季雨冬已經躺在了地上。

「真是的，雨冬姊姊，竟把我的愛刀折斷了。」

葉柔露出天真可愛的笑容，將手上的斷刀拋掉。

「不過，妳是不是誤會了什麼呢？」

雙手一前一後，葉柔擺出了架勢。

「手中無刀的我，其實比較強喔。」

看到危及性命的事物。

——注視致命。

這個病能用於戰鬥，並不是多麼恐怖的病能。

但是葉柔不同。

她除了擁有磨練到極致的武術外，同時也具備著孱弱無比的身體。

所以，幾乎所有的動作對她都致命。

不管是多麼高速和強力的攻擊，在她面前都不具意義。

她必定看得到。

而且從極度放鬆的身體所做出的應對，使得她的反擊具備遠超常人的高速。

——唰！

季雨冬跳起身，再度對葉柔使出貫手。

但是——

——砰！

等到我和季雨冬回過神來，季雨冬再度躺平在地上。

這次我開了三感共鳴，於是依稀看到了葉柔的動作。

矮小的葉柔鑽到季雨冬的貫手下，從下方抓住了她的手。

一個轉身，葉柔用背抵住了季雨冬的胸膛，順著她的力道一抬一拉——

完美的過肩摔動作，將季雨冬就像沙包一樣砸到了地上！

「嘖！」

季雨冬咂了咂舌，掙扎著從地上起身。

但可能是被剛剛的撞擊給傷到，她的身子有些搖晃。

不過季雨冬順著受傷的情勢，以緩慢的動作走向葉柔，想要複製剛剛捏斷刀的舉動，讓她看不到。

「小心——」

我本要出聲提醒葉柔。

但才剛開口就不自覺地踩下了煞車。

……我這樣做是對的嗎？

我是什麼時候把季雨冬當成了敵人？

明明這幾年來如此想見她。

但是為何此時我卻選擇了站在葉柔這邊？

「沒事的，四季王。」

葉柔對我露出微笑。

「我不需要你的保護。」

季雨冬的手越來越近、越來越近。

就在她的手沾上葉柔衣服的那刻——

瞬間反應的葉柔拉住她的手一帶，同時腳一勾！

——砰！

季雨冬再度倒地。

「只要越弱，我就越強。」

葉柔拍了拍手上的灰塵。

「所以手上無刀的我，比以前更弱，卻也比以往更強。」

「…………那麼，我也不用手下留情了。」

黑霧再度纏繞在季雨冬身上。

她不再起身，她蹲在地上，將左手按在地面上。

深厚沉重的壓力從她身上散發出來！

「小心！葉柔！」

我終於還是忍不住喊了出來！

聽到我的呼喊，季雨冬以幾乎讓人察覺不到的細微動作咬了咬下嘴唇。

聚在她身上的黑霧越多，濃厚的就像是黑色的布一般。

季雨冬的五根手指緊緊掐著地面！就像是要捏碎整個地表！

——啪！

以她的手為圓心，石頭地板上出現了放射性的碎裂紋！

季雨冬的左手越來越深入地板中，直到整條上臂完全隱沒其中。

將手固定住後，蹲在地上的季雨冬以右腳為支點，並將左腳前伸。

半側著身子的她，讓插在地板中的左手位於她的右側腰側，就像是握著一把刀。

「等一下，這該不會是——」

以左手為刀，並以地板為刀鞘。

「居合拔刀術——」

——啪！

我的腹部微微一涼。

「別想得逞！」

葉柔一個推掌，將季雨冬斬來的手刀推開！

「咦？」

我低頭一看，這才發覺腹部的衣服已被劃破。

什麼時候……？

我連季雨冬是什麼時候揮手的都沒看清。

「竟然直接把晴姊的左手當作武器……」

不管是速度還是威力都超脫常理。

大量的黑霧聚集在季雨冬身上，再度將她的身影從這世上抹消。

——啪！

我後方的地板突然裂開！

我轉過頭去——手刀砍到了我的胸前！

時間彷彿停了下來，我感到冰冷的手掌側緣嵌入我的胸前肌膚，逐漸進入我的肌肉中——

葉柔再度出現在我身前！

從下方搭上季雨冬的手刀，她稍稍一抬，讓手刀從我的頭上方擦過！

就像被鋒利無比的刀削過，我的頭髮落下一撮。

看著落在地上的頭髮，我突然醒悟。

讓季雨冬用晴姊的左手把我殺了，這對我們來說真的是一件好事嗎？

不是這樣的。

還有好多話沒說清楚。

我也還沒找到晴姊。

死在季雨冬手下，我毫無怨言。

但是——

不是現在。

「四感共鳴。」

我閉上眼，準備開啟病能與季雨冬對抗。

「不行。」

但就在病能即將發動的那刻，葉柔握住了我的手。

從她手上傳來的溫暖，讓我不自覺地停止了動作。

「四季王已經身負重傷，還要分出心力維持整個『四季』的『家人製造』，你不能再使用病能了。」

「啪」的一聲揮動身上的披風，葉柔站到了我身前。

「你什麼都不用做，四季王。」

「可是——」

「沒有什麼好可是的。」

微微側過臉，葉柔對身後的我露出淺笑。

「你只要待在我身後就好。」

「……我明白了。」

我垂下雙手，解除了身上的病能，將自己完全交給了身前的葉柔。

要是我連葉柔都不能信任，這個世界就沒有人能讓我依靠了。

晚風徐徐吹來。

不管怎麼睜大眼睛看，這個高臺上都只有我和葉柔兩人。

究竟在哪裡，會從哪裡攻來？

不可視的敵人、難以反應的高速加上威力十足的攻擊。

只要稍有差池，就會落入萬劫不復的深淵。

在巨大的壓力下，我的呼吸不自覺的加速，喉嚨也感到乾渴。
一直緊繃的精神，讓一秒鐘感覺就像是一天那麼長。
冷汗很快地就浸溼了身上的衣服。
「來了！」
——啪！
身後的牆壁裂開！我趕緊轉過頭去！
但是，後方什麼都沒有。
——啪！
此時，左側也響起了聲音！
「不對……」
不只這兩處而已。
不管是身前、身後、身左、身右、上方和下方——
到處都有碎裂的聲響！
——啪！啪！啪！啪！啪！啪！啪！啪！啪！啪！
碎石四濺、牆壁倒塌！
明明什麼都看不到，但是我所站的世界卻逐漸崩解。
我能感受到冰冷的死亡越來越近。
即使只是早一秒鐘也好，真希望這個足以讓人發瘋的聲音可以快點停下。
可能是聽到了我心中的祈望，季雨冬的攻擊終於現形。

只是，這次不是貫手，也不是斬擊——

向我襲來的，是張開的五爪！

銳利的爪擊從天而降，我感到就像五把刀同時朝我砍了過來！

「可惡啊——」

我想要逃跑，卻發現一步都動不了。

爪擊帶來的巨大風壓，壓得我連站立都有問題，更別提移動了。

——啪！

我所站的地方因為風壓凹陷了下去！

這是無法閃避也無法硬接的必殺技。

令人發毛的破空聲朝我的天靈蓋直直落了下來！

「五感共鳴——」

「我說過了，你什麼都不用做。」

如水般沉靜的聲音從旁響起，止住了我的行動。

這時我才驚覺，即使是在剛剛那樣恐怖的場景和聲響中，葉柔的呼吸仍沒有絲毫紊亂。

「就算無法閃避也無法承受也沒關係。」

葉柔伸出右手。

「只要致命，那我就看得一清二楚——不管是力量的流動還是方向都是。」

也不知道葉柔是怎麼做的。

明明動作不快，但她的右手就這樣以自然無比的動作「滑」進了季雨冬的左爪中，變成了十指相握的狀態。

葉柔輕輕一轉——

——砰。

不，其實兩人相握處根本沒有發生任何聲音，只是看到眼前的情景後，我的耳朵自然而然地響起了這樣的聲效。

在兩人雙掌相接處，一陣圓形的衝擊波擴張、消散。

整個高臺處靜悄悄的，就像剛剛什麼事都沒發生。

在剛剛那一剎那間，沒有衝擊、沒有聲響、沒有反動、沒有對抗。

有的只有無盡的平靜。

「………」

在空中的季雨冬穩穩落到了地上，神情詫異無比。

也不能怪她露出這種傻掉的表情。

剛剛季雨冬那怒濤般的攻擊就像被吃掉似的，徹底從這世上消失。

「竟然把那樣劇烈的力道全數打散，化作了無……」

這可是我要開到五感共鳴……不，說不定要開到第六感才做得到的神技啊。

「那麼，雨冬姊姊。」

葉柔微微歪了歪頭，露出了可愛的微笑。

「還要打嗎？」

「…………」

聽到葉柔這麼一說，季雨冬露出了有些不知所措的表情。

我可以理解她現在的心情。

明明面對的是一個看似手無縛雞之力的小女孩，卻感覺沒有任何破綻，完全不知該從何下手才好。

「不管妳是基於怎樣的理由想要傷害四季王，但是只要我在這邊，妳的計畫就不會成功。」

「……不管我怎麼做，妳都要擋在我的面前，是嗎？」

「是的。」

「即使違反季武的命令，妳也要阻止我嗎？」

「這跟他的命令沒有關係，我不能讓他受到傷害。」

「因為妳是他的輔佐嗎？」

「這跟我是不是他的輔佐也沒有關係。」

葉柔露出直率的笑容說道：

「單純的是因為他受到傷害，會讓我難過而已。」

「…………」

看著眼前的葉柔，季雨冬沉默不語。

「而且——我也不想傷害雨冬姊姊。」

「咦？」

季雨冬驚訝地抬起頭來。

只見葉柔朝她緩緩走了過去，伸出了手。

「要是傷害了妳，四季王會難過的。」

聽到葉柔這麼說，季雨冬露出了複雜的表情。

「雨冬姊姊，這些日子來，四季王沒有任何一刻忘記妳的事。」

看著季雨冬，葉柔一臉認真地說道：

「妳是他心中最為重要的人，他的身邊不能沒有妳。」

「……他的身邊，不是還有妳嗎？」

「妳在說什麼呢？」

葉柔搖了搖頭。

「要是會被我取代──」

「那妳又怎麼稱得上是季武哥哥最為重要的存在呢？」

就像被葉柔的話給直擊，季雨冬陷入了深深的沉默。

過了良久良久後──

「季武。」

她轉過頭來，對我露出了笑容。

「多年不見，你的身旁有如此珍視和瞭解你的人在，真是太好了。」

那份笑容中，有著無限欣慰。

——就像是我過去我所熟稔，那個總是把我的幸福擺在第一位的季雨冬。

「如此一來，我就能放心做我想做的事了。」

「雨冬，妳——」

我情不自禁地想要往前靠近她。

「別過來。」

她出聲阻止了我。

「我說過了，我是你的敵人。」

大量的黑霧冒了出來！

季雨冬舉起左手，就像是被其吸引，所有黑霧往她的左手靠了過去。

站在暴風圈的中央，季雨冬就像是要被巨浪吞沒的一葉扁舟。

「妳究竟……想做什麼？」

「我只是回歸原點而已。」

黑霧逐漸往季雨冬的左手靠攏，將其染成了一片黑。

不知為何，我的心中有了不妙的預感。

要是再這樣繼續下去，我所熟知的季雨冬將再也回不來。

「我一直以來，都想追上季晴夏。」

季雨冬高舉黑色的左手！

「所以，知曉病能者計畫為何的我，要將其全部奪走！」

一陣黑色的波動從她的左手擴散而出，覆蓋了整個四季！
接著——
大量的火光從四季之晴竄起！
「發生什麼事了……？」
我趕緊發動病能探察四季之晴。
結果發現不管是哪個地方都陷入了一片混亂。
「春之曇、夏之晴、秋之人、冬之雨——此為『四季』。」
我趕緊將操控的黑霧人偶停了下來，並用蝴蝶機械人對整個四季進行廣播。
「我是四季王季武，我在此宣布祭典活動中止——再重複一次！祭典中止！」
「四季王！」
即使剛剛面對季雨冬的攻擊都沒有絲毫畏懼的葉柔，不知為何聲音開始打顫。
「我、我看到了……」
聽到她這麼一說，我也不禁為之膽寒。
不管是我還是葉柔，都知道被她看到是多麼嚴重的一件事。
「我看到了人，越來越多的人——」

葉柔指著遠處燒成一片的四季之晴。

「幾乎整個『四季之晴』的人，都要被我看到了。」

我統治的病能者之國，究竟發生了什麼事？

我加大病能，想要在一片火光和煙霧之中看得更清楚些。

結果發現那些病能者都呆呆站在原地一動也不動，身上纏繞了黑霧。

「以季晴夏之手號令！」

我面前的季雨冬舉著左手大喊：

「全體病能者！聽從我的命令！」

整個四季之晴一片靜默。

——喀。

先是地面上的沙塵和小石子跳了起來。

緊接著，整個地面都震動了起來！

——咚！

遠處傳來了沉重的聲音，就像是有什麼重物撞到了地面。

「我的天啊……」

看著眼前情景的我，簡直不敢相信我的眼睛。

所有四季之晴的居民，都朝著我和葉柔這邊走了過來。

他們雙眼失神，毫無自己的意志。

因為人數過於眾多的關係，他們光是走路就引起了有如地震一般的效果。

「這麼多人……竟然同時被操控了？」

怎麼會？從沒聽過這種事？

我試著發動病能，想要控制那些朝我們走來的國民。

「『家人製造』！」

但是，一點用都沒用。

纏繞著黑霧的他們，完全沒有停下他們的腳步。

很快地，我和葉柔就被團團包圍了起來。

十幾萬人就像是黑色的浪潮，不管怎麼望都看不到盡頭，讓人看了心中發寒。

「季武，投降吧。」

站在高處的季雨冬，指著下方黑壓壓的人群。

「現在的他們，只會聽從我的命令。」

「這不合理……」

我望著那隱隱閃著黑光的季雨冬左手。

「就算那是晴姊的左手，也不可能可以號令所有病能者。」

沒有這種病能，或者說，根本就不該存在這種能力。

「其中的緣由究竟為何，一點都不重要吧。」

季雨冬左手扠著腰說道：

「你唯一要知道的事情是，接著就是一國對兩人的戰鬥了。」

「不。」

此時，身邊的葉柔有了動作。

「只要打倒身為司令塔的妳，就能解決這一切。」

她以行雲流水的動作衝去了季雨冬身前，伸出手去想要控制住季雨冬。

但是——

「沒用的。」

本是我國的國民，就像是要保護季雨冬一般將她團團圍繞。

看著原本是夥伴的他們，就算是葉柔也開始猶豫起來。

「你還不明白嗎？葉柔——」

季雨冬露出彷彿季晴夏的笑容說道：

「真正的病能者之王不是季武，而是我。」

狀況一瞬間變得惡劣無比。

數十萬人包圍著我和葉柔，同時開了口——

「家人製造」、「二感共鳴」、「臉盲」、「萬物扭曲」、「刪除左邊」、「死亡錯覺」、「他人的手」、「幻痛再生」、「雙重靈魂」、「認知喪失」、「不可理解」、「穢語寄生」、「強迫感染」——

至今看過的病能——甚至是沒看過的病能一同啟動。

數十萬人的聲音震耳欲聾。

象徵著病能者的蝴蝶記號閃閃發光。

光是這樣強烈的亮光就足以讓我睜不開眼來。

「葉柔。」

身體很疲憊，意識很模糊，傷口不斷流出血來。

整個四季之晴陷入大火中，自己統治的人民還成為了敵人。

狀況惡劣到這個地步，反而讓我不禁露出了笑容。

「最後的場景如此盛大，真是讓人覺得不枉此生啊。」

「四季王……不，季武哥哥，你在說什麼呢？」

葉柔對我露出笑容。

「這不是『最後』吧？」

「……咦？」

「身為你的輔佐，守護你是我的職責。」

葉柔摸著頭上的羽毛頭飾。

「只要有我在，你就不會有事的。」

「嗯……」

我雖然沒有否定葉柔的話。

但是我的心中對此不以為然。

至今為止，葉柔讓我吃驚過許多次。

不管是怎樣的困境，她都跨越了過來。

但是眼前的危機，跟以前的是完全不同等級。

被整個國家的病能者包圍，別說逃跑了，光是他們擠過來就足以把我們踩死。

沒有任何辦法能戰勝眼前的情況。

「不需要贏，季武哥哥。」

看穿我心聲的葉柔說道：

「你之前說過的，真正的葉柔，是兼具母親堅強和姊姊軟弱的葉柔。」

她指向天空。

「既然不能贏，那就選擇輸吧。」

強大的氣流吹起我身後的白袍！

一道黑影籠罩了我們。

我抬頭一看，只見一輛熟稔的噴射機出現在我的上方。

「『禮物』……」

運用病能者的病能運作的噴射機。

這是祕密之堡中，季晴夏留給堡中居民的禮物。

當初我搭乘它和滅蝶戰鬥過。

「這是軟弱的葉柔，才想得到的辦法。」

葉柔脫下身後的披風，將其丟在了地上，就像是做了什麼重大的覺悟。

「逃走吧，季武哥哥。」

「確實……」

要是不能贏，只要逃跑就好了。

「季武哥哥，去把晴夏姊姊的祕密找出來，也把病能者計畫的全貌給揭開。」

雖然被敵人團團包圍，但是葉柔仍然走到我面前，深深地低下了頭。

「我始終相信，那個我最崇敬的季武哥哥，才是最後拯救世界的人。」

葉柔輕輕擁了我一下。

她那與平常不同的反常舉動，讓我感到了些許的違和感。

此時，「禮物」降落到我們身旁，強大的氣流吹動了葉柔頭上的羽毛頭飾。

「季武哥哥，我的雙眼不能視物，所以，很多事我做不到。」

不知為何，她吐出了之前當我輔佐時說的臺詞。

「我無法為你做飯。

「我無法為你修補衣服。

「我無法為你打掃房間。

「雨冬姊姊能做的事，我或許一件都做不到。」

我的脖子突然一痛！

「但是，我能守護你。」

我不可置信地看著面前的葉柔，只見她的手指刺入了我脖子後方，切斷了我大腦和脊髓之間的信號。

意識不受我控制地逐漸離去。

「我能當你最優秀的後盾，讓你沒有後顧之憂。」

葉柔將我失去力氣的身子輕輕靠在她的身上。

「我說過了，只要有我這個輔佐在，你就絕對不會有事的。」

「等一下，葉柔，妳該不會是想——」

一個人留下來擋住他們？

「別擔心，季武哥哥。」

葉柔露出了溫柔的笑容。

「就算你這個王不在四季之晴了，也會有輔佐留下來陪伴國民們，他們不會寂寞的。」

——我才不是在擔心這個！

妳一個人面對他們，是不可能安然無事的！

我想這麼大喊，卻一個字都吐不出來。

不管怎麼努力，都無法阻止意識的消失。

「接著在你身邊的，是比我更加可靠的存在。」

葉柔將我的身體輕輕放下。

此時，我感到有另外一雙手扶住了自己，將我拉上了「禮物」。

「季武哥哥，謝謝你不嫌棄我，讓我在這些年來待在你的身邊。」

在模糊的視線中，我看到了葉柔緩緩向前走。

——別走！

別說這種像是道別的話！

「貫徹軟弱和堅強，葉柔走到了今天。」

葉柔回過頭來，以那什麼都看不到——卻又彷彿看得一清二楚的眼睛注視著我。

「但是……現在我多了『驕傲』。」

露出溫柔無比的笑容，葉柔說道：

「曾擔當過季武哥哥的輔佐——」

「是葉柔這輩子最感驕傲的一件事。」

不管面臨怎樣的絕望，不管發生什麼事，葉柔總是能展露這樣足以包容一切的笑容。

我想，那一定是因為弱小的她，比誰都還要堅強的緣故。

葉柔啊……

我也是。

能被妳這樣的存在所尊敬，是我這一生最感驕傲的一件事。

眼前逐漸變得黑暗。

我是說出口了？還是沒說出口？

我不知道。

看著葉柔走向敵人的背影，我徹底失去了意識。

Chapter 2

病能者研究院隱藏的事實

在一片黑暗中，不知為何，我曾走過的旅程從腦子中流過。

彷彿人生的走馬燈，我一幕幕地看著這些經歷。

在病能者研究院中——

以院長死掉為開端，研究院的病能者陷入了彼此懷疑的窘困局面，我們必須在逐漸瀰漫的「死亡錯覺」和大火中，找出殺了院長的「凶手」究竟是誰。

最終，讓我們發現真相的關鍵病能是「刪除左邊」。

原來，季晴夏一直藏在季雨冬的左邊。

殺了院長的病能者，其實就是她自己，藉著殺害自己，她化作了僅說實話的影像。

在家族之島中——

虛擬院長率領名為「滅蝶」的普通人集團，在島上到處散播「臉盲」的病能，想要搶先一步控制住「最強電腦」，而她最後也如願以償。

「最強電腦」由人類的大腦組成，只要靠著最強電腦的運算，就能製造病能者。

院長將製造法散布出去，讓全世界的病能者大幅增加，病能者被用作戰爭，也開發出了各式各樣的病能武器，世界正式進入了「病能時代」。

在祕密之堡中——

我遇到了季曇春和季秋人。

季曇春是季晴夏的備份，而季秋人則是季武的複製人。

季晴夏在城堡中藏了足以毀滅世界，也足以拯救世界的祕密。

而那個「祕密」，就是病能者的存在意義。

為了不讓人類腦中的恐懼炸彈引爆，季晴夏刻意放任院長增加病能者，使其成為一個群體。

人類和病能者，是相似但又不同的兩個物種。

病能者必須敵視人類，人類必須敵視病能者。

靠著恐懼彼此，恐懼炸彈得以轉移，不再爆發。

為了拯救化作恐懼人類的堡民，我以「最初的病能者」這個身分，在大家面前殺了季曇春。

這個影像被院長播放到全世界，成了引爆第三次世界大戰的導火線。

在和之島上——

我遇到了無數的「幻肢殭屍」。

死掉的人死而復生，其中甚至出現了季曇春的身影。

這些殭屍由人類的心痛產生，只要對喪失至親至愛之人有著強烈的疼痛，那麼這股心痛就會讓死人復甦。

院長刻意被葉藏殺死。

滅蝶對她的心痛，使得她重獲新生，占據了科塔的身體，院長從影像化作了真實的人類。

情勢一口氣倒向了普通人。

眼看院長就要統治世界時，我殺了季雨冬，藉著這股心痛誕生出了幻肢季晴夏。

與幻肢季晴夏聯手，我打敗了院長，也終結了第三次世界大戰。

戰爭結束後，我和科塔一同在和之島上創造了名為「四季」的國家，並以恐懼結界將病能者和普通人分成兩邊。

——**你所看到的就是一切了。**

當一切情景播放結束後，一道有力的聲音憑空響起。

——**你必須這麼做。**

咦？這是……

——**你必須這麼做。**

「世界的聲音」？

為何呢？我明明沒有使用第六感啊？

還是我下意識使用太多第六感輔助我的能力，才導致「世界的聲音」傳到我的腦中？

——**季武，你必須挖出所有真相。**

「為什麼？」

——**因為只有你看到了所有線索，所以你必須這麼做。**

「等一下！好好說明啊！」

但是，不管我怎麼抗議，「世界的聲音」就像是沒聽到似地說著它想說的話。

──你必須發現一切──

──然後失去你最為摯愛的人。

「這是什麼意思！」

驚醒的我忍不住大喊！

「吵死了──！」

只是我沒料到的是，我才剛醒來，頭馬上就被拍了一下，差點重新陷入沉睡。

「昏倒起來不要馬上大叫好嗎！你難道都沒想過清醒時旁邊有人睡得正香甜的可能性嗎？」

「不，都昏倒了是要怎麼想到這事……」

「勸你別太過分喔！你知道上一個吵醒我睡覺的有什麼下場嗎？」

我身旁的人一把揪住我的衣領！但即使是用這麼生氣的語氣說話，她依舊一副想睡的表情。

「上一個吵我的人──」

穿著戴有帽子的連身外套，脖子處戴著項圈的雲悠然對著我大吼：

「──我在冷靜下來後跟他道歉了啊！」

「……」

「季武，抱歉啊，剛不該對你大吼的。」

「…………………」

看著雙掌合十道歉的雲悠然，我完全說不出話來。

這傢伙，還是老樣子是個讓人捉摸不清的存在。

我向四周看了看。

胸口的傷在我昏迷休息時，感知共鳴的病能已自動發動使其治癒。

圍繞在身體四周的是低沉的引擎聲，以及要是不仔細感受就察覺不到的輕微晃動。

狹小的駕駛艙中，躺著我和雲悠然兩人。

腦中想起了葉柔最後的話。

——「接著在你身邊的，是比我更加可靠的存在。」

「原來葉柔說的就是妳啊……」

心細的她，想必早就準備好了緊急危難時能讓我脫離的最後手段。

不知道她是用了什麼手段，讓雲悠然乖乖聽她的話。

「葉柔她……沒事嗎？」

「……」

「雲悠然，沒聽到嗎？我在問妳——」

「呼嚕……」

「……可以不要擅自睡回去嗎？」

「我不是睡……我是在通靈跟葉柔說話。」

「…………」

我本來反射性地想吐槽，但是仔細想想雲悠然是最強的人類，說不定還真的連通靈都有可能——

「葉柔說：『她沒事，叫你他X的不要吵雲悠然睡覺。』」

「葉柔才不會這樣說話！妳可以不要為了睡眠刻意崩壞她的形象嗎！」

這傢伙到底可靠在哪裡？只有意外性的部分值得期待吧？

「不過你不用擔心啦，她一定沒事的。」

「妳怎麼會知道？」

「畢竟她是葉柔嘛。」

雲悠然一臉輕鬆地說道：

「所以她不會有事的。」

「…………」

說來也奇怪，被雲悠然這麼一說，感覺葉柔就真的不會有事的感覺。

「所以，重傷過後的你還是趁現在好好休養一下吧，接著的旅程大概不會太好受。」

雲悠然拍了拍我的肩膀。

「多休息，這樣你之後才有力氣拚死幹活，讓我能在旁邊好好睡覺。」

「我還是第一次聽到這麼讓人不想休息的臺詞。」
我嘆了口氣。
「這架『禮物』，現在究竟要帶我們前往何方？」
「為了拯救世界，我們必須找出季晴夏隱藏在過去事件中的線索。」
雲悠然指著我說道：
「從季雨冬那邊，你也應該聽過類似的提示才對。」
聽著雲悠然的話，我的腦中再度出現季雨冬曾說過的話。

——「病能者研究院的『刪除左邊』、家族之島的『最強電腦』、祕密之堡的『季曇春』、和之島上的『幻肢殭屍』，這些全都是有意義的。」

「這些病能間，究竟有什麼關聯性？」
不管怎麼思考，都不覺得這些病能有任何連結起來的共通點。
「我也不知道，但是我們必須把它找出來。」
「我們？」
「是的，就是『我們』。」
雲悠然摸著脖子上的項圈。
「『世界的聲音』，叫我陪著你解明真相。」
「……難怪妳會協助我。」

我就覺得奇怪，一向我行我素的她，就算人類陷入危機，也應該漠不關心才對。

「我是『世界的奴隸』，只要聽到『世界的聲音』……不覺得字很多很難念嗎？不如簡稱『世界之聲』吧？」

「妳的簡稱只少一個字耶？」

究竟是有多想偷懶。

「總之，只要聽到『世界之聲』，我就必須行動，我別無選擇。」

「這個『世界之聲』，究竟是什麼？」

「以你的說法，就是類似『天啟』或是『天機』的東西吧？必須開啟第六感，才能感受到的聲音——」

雲悠然說到一半住了嘴。

本來仰躺著的她坐起身，突然開始正襟危坐。

「怎麼了？」

「畢竟是自己主人的事，我想我必須更認真一點說明他的事。」

雲悠然深吸一口氣——

她戴上了連身外套後方的帽兜。

「戴上帽子！」

「伸出手手！」

挽了挽長長的袖子，雲悠然將一直藏在袖子中的手露了出來。

「變身完成，雲悠然（認真）——颯爽登場。」

「…………」

不管看幾次，都還是會為她的變身而感到無言。

「不知季武先生有何疑問呢？在下雖不才，但也必定盡心為你解答。」

「妳原本說話方式是這樣嗎！」

「嗯？我不是原本就是這樣說話嗎？」

雲悠然歪了歪頭，一臉打從心底疑惑的模樣。

「假裝自己很卑躬屈膝，博取男性的好感，我記得我是用這種彷彿季雨冬的方式在說話的。」

「妳可以不要藉機諷刺別人嗎？」

原來妳都是這麼看季雨冬的。

「那我的設定是什麼？認真？」

「認真？不如說是讓所有認真和妳說話的人看起來很蠢吧？」

「哈哈哈哈季武你看看你！」

「別用手指著我笑！」

「嗚嗚嗚嗚季武你看看你！」

「也不要突然哭起來！」

跟這傢伙說話好煩啊！

「總之呢，說回『世界之聲』的事。」

「妳的對話節奏可以不要變得這麼快嗎？」

「從我有意識以來，『世界之聲』就存在於我腦中了，就算不使用第六感，祂也會時不時的跟我說話。」

「所以祂的真身究竟是什麼？」

「我不知道。」

「祂所說過的話，必定會實現嗎？」

「我也不知道，但是——」

「至今為止祂所說過的話都實現了。」

「絕對預言嗎……」

腦中浮現了不快的回憶。

在與院長的最終決戰時，被世界的聲音支配的我殺了季雨冬，造就了之後的別離。

「季武，雖然這話由我這個奴隸來說有點奇怪，但是最好不要違逆『世界之聲』比較好。」

「為什麼？」

「因為『世界之聲』是『正確』的。」

「……正確？」

「是的，遵循『世界之聲』後，必定會取得好結果。」

「……真的是這樣嗎？」

「就拿你來說吧，雖然你曾因『世界之聲』而讓季雨冬有了生命危險，但你同時也因為這舉動而得到了打敗院長的契機。」

「雖然單就結果論來看確實是如此，但若是我沒那麼做，我不會跟雨冬分離這樣多年，她也不會變成現在這副古怪的模樣。」

「但是就長久的眼光看又如何呢？」

雲悠然反駁道：

「她活下來了，不是嗎？」

「可是——」

「不管形式如何，你們終究還是碰面了。」

雲悠然那淡然的雙眼看向我，毫不留情地說道：

「為了院長而重傷她的舉動，其實並沒有造就什麼永久性的損害，卻換來了院長落敗的結局。」

理智上我瞭解雲悠然在說什麼。

若是從世界的角度來看，我那時的做法毫無疑問是正確的。

要是沒在那時打敗院長，說不定人類就毀滅了。

但是心中有部分仍覺得違和。

我無法完全認同雲悠然的話。

「季武，我是遵循『世界之聲』最久的人，這些年來我所看到的事，讓我瞭解了一件事，與其說那聲音是必定實現的預言，不如說是『世界所希望的最佳結果』。」

「最佳結果？」

「就算當下看發展是壞的，但是過一段時間後，卻會發現那時的選擇是對全體人類最好的。」

雲悠然再度摸著脖子上的項圈說道：

「所以，我甘願做世界的奴隸，從沒想過要反抗那道聲音。」

「那麼，雲悠然。」

雖然早就知道解答，但我仍忍不住問道：

「若是哪天『世界之聲』要妳殺了我，妳會怎麼做呢？」

「那我大概就會殺了你吧。」

沒有任何猶豫，雲悠然將手抵在我的心臟位置：

「這也是沒辦法的事，身為奴隸，我沒有自己的意志。」

我們互看著彼此。

雲悠然的雙眼中一點波瀾都沒有。

看著她那無機質的表情，我的腦中浮現了「提線人偶」這個詞。

真是矛盾。

雖然表面上行動比誰都還自由，但其中卻完全沒有任何自由。

「真希望那天不要到來啊。」

「是啊。」

雲悠然緩緩將手放下，看向前方。

「到了。」

在我們聊天時，「禮物」似乎終於抵達了目的地。

我擴大感知，然後發現我們來到了一個令我懷念無比的所在。

「『病能者研究院』……」

這裡曾是院長統治的地方，也是逼迫我踏上旅程的第一步。

你必須發現一切——然後失去你最為摯愛的人。

這次的「世界之聲」是這麼說的。

那麼，我究竟該發現什麼，又會失去誰呢？

「在多年前，季晴夏的存在引爆了恐懼炸彈，讓整個研究所的人化作恐懼人類而死去，倖存下來的季武和季雨冬被院長抓到了海底的病能者研究所，卻沒想到在某天時，院長突然被病能者殺害，為了找出凶手和季晴夏究竟在何方，季武一行人在病能者研究所內展開了一場冒險，雖然同時被葉藏、死亡錯覺和院內的大火給逼迫，但最終還是找出了季晴夏和凶手，順利地逃出了生天。」

「……謝謝妳的解說。」

身旁的雲悠然說話方式突然變得像是前情提要一樣。

現在我們兩個並肩站在「禮物」中的駕駛艙，望著下方那一片蔚藍色的海水。

「不過……似乎不太對勁。」

以病能感測水底世界的我，察覺到了違和感。

「我也覺得不太對勁。」

模仿我的動作，雲悠然雙臂抱在胸前。

「我明明就偷改了設定，想要叫禮物繞到別的地方，爭取睡覺的時間，但是不知為何還是抵達目的地了。」

「……原來妳趁我昏迷時還動了這種手腳喔？」

「該死的葉柔，一定是那傢伙料到我會這麼做，將目的地設定成誰都無法更動了，我保證回去見到她後一定要她好看。」

「只不過是讓妳少睡了一點，有必要做到這種程度嗎？」

「我要讓她穿上之前祭典時的偶像服，強迫她在四季轉一圈。」

「原來妳說的好看指的是打扮好看啊……」

不過坦白說我也不想阻止雲悠然就是了，之前祭典上的偶像葉柔我自己也還想看一次。

「不過現在不是期待這種事的時候。」

我的病能感知到了海底下的病能者研究院。

在之前我逃出來時，它因為大火和水壓徹底崩解。

這次我來這邊，本是想要潛入海中調查殘存的碎片，卻沒想到——

「病能者研究院……竟然復活了？」

雖然規模沒有以前大。

但這確實是小一號的病能者研究院。

以一個透明的半圓形罩子蓋住，一所研究所佇立在海底中。

「是誰重建了研究所？」

這種彷彿時光倒流的結果，甚至讓我感受到了一絲詭異。

「不過不管為何，也只能下去看了。」

我稍稍伸展了一下身子。

運用病能，我可以控制體內的耗氧量，所以潛入深海中對我不是什麼大問題。

「雲悠然，妳怎麼辦？要跟我一起下水嗎？」

「別小看我，我可是最強的人類耶，閉氣數十分鐘這種事對我來說根本是小事一樁。」

「那就好。」

我深吸了一口氣，朝著大海縱身一躍。

——啪唰！

身邊傳來的落水聲，讓我明白了雲悠然也跟著躍了下來。

隨著越潛越深，我原本的懷疑成了確信。

這確實是我曾待過的病能者研究所，不管是外觀還是那道厚重的大門入口全都一模一樣。

而且不只如此，我的病能還感知到不少人在研究所裡頭活動。

這些人究竟是誰？又是為何在裡頭生活。

充滿戒心的我站在透明防護罩的入口處，一時間停止了動作。

若是打開這道門，裡頭的人就會發現我的存在。

但我也不可能偷偷從其他地方闖入，要是打破防護罩，整個研究院也會被海水淹沒。

在不知裡頭的人是敵是友的狀況下，這麼做是不明智的。

就在我猶豫著該怎麼做比較好時——

「歡迎你來。」

入口處突然打了開。

「咦？」

隨著身後的水壓，我不由自主地被海水沖入了裡頭。

「我們一直在等你，四季王季武。」

研究院內響起了廣播。

「我們守在這邊，為的就是歡迎你的到來。」

從聲音可以判別說話的人是一位女性，從她的語氣中，可以感受到廣播之人的興奮。

但是，我對這個聲音完全沒有印象。

「妳是誰？」

「我是病能者研究院裡頭的人。」
「我知道啊。」
你們當然是研究院裡頭的人，事到如今又有什麼好說的。
「也是，你當然不會記得了，那麼，我這麼說好了——」
那道聲音笑道：
「我是『原本』在病能者研究院中的人。」
「原本……？」
「多年前，我們差點被大火和死亡錯覺殺死，是你破壞了封閉的病能者研究院，將我們救了出來。」
「啊……」
那時，我們一直在找出殺死院長的病能者是誰。
但是除了病能者外，那邊還有上百位研究員在研究院中。
在最後逃出研究院時，季晴夏似乎也聯絡了救援隊，將那些人帶到了岸上。
「現在在研究院生活的，就是在那時倖存的普通人。」
研究院的門打開，一道亮光從中透了出來。
「雖然你不記得你曾有恩於我們，但我們全都銘記在心。」
一位穿著白袍，留著鮑伯頭和戴著眼鏡的年輕女性走了出來。
「我的名字叫巫妍，現在是這邊的院長，很開心見到你，四季王季武。」
她微笑著伸出了手。

看著巫妍的手，我突然有些愣住。

病能者研究院，是我的起點。

那時的我，被院長耍得團團轉，別說拯救這些人了，我甚至連救他們的念頭都沒有。

我真的能回握這隻手，收下這恩情嗎？

「當然可以。」

巫妍毫不猶豫地握住我的手。

「不管你的動機和過程為何，但我們確實因你而活了下來。」

巫妍深深地低下了頭。

「謝謝你。」

一直以來，我都是為了季晴夏和季雨冬而努力。

我因為季晴夏踏上了旅程，現在又為了她和季雨冬而重返此地。

我一點都不偉大。

我只是個自私的普通人。

我不像季晴夏一樣想拯救全人類，也不像院長一樣有著世界和平的夢想。

之所以能終結第三次世界大戰，打敗院長和創立四季，靠的全是身邊的人的幫助。

「四季王，人和人之間的緣分可是比你想得還神奇喔。」

像是看穿了我的自我懷疑，巫妍繼續說道：

「這些年來，你走過病能者研究院、家族之島、祕密之堡和和之島，你遇到了許許多多的人，你締結了許多緣分，這之中或許傷害了不少人——但是也有不少人因你而得到拯救。」

巫妍張開雙手，「啪」的一聲揮動身後的白袍。

「現在，就讓我來讓你看看你留下的緣分吧！」

隨著巫妍的動作——

「歡迎你來，四季王！」

病能者研究院歡聲雷動！

——砰！

所有窗戶同時打開，無數的彩帶從中飛了出來！

「謝謝你那時救了我們！」、「謝謝你找出了真相！」、「謝謝你沒有拋棄我們！」

舉目所見，看到的都是一個又一個感激的面孔。

「謝謝你！」、「謝謝你！」、「謝謝你！」、「謝謝你！」、「謝謝你！」、「謝謝你！」、「謝謝你！」

我不由得低下了頭，緊握拳頭。

要是不強自忍住，我想我甚至有可能哭出來。

——**「因為『世界之聲』是『正確』的。」**

我終於明白我為何聽到雲悠然這麼說時，心中會覺得違和。

——**「遵循『世界之聲』後，必定會取得好結果。」**

因為這個世界，並不是只有正確和好結果值得追求。

就算是我眼前這樣一張張普通的笑臉，也是很珍貴的正確。

在和之島上，我傷害季雨冬，打敗了院長。

以世界的角度來看，這毫無疑問是正確的。

但是，我寧願不要傷害季雨冬。

就算會繞點遠路，就算會多花點時間，我也想找到別的方法終結當時的戰爭。

「這裡還真的是我的起點呢。」

我不禁露出微笑。

作夢都沒想到，我竟然在這個地方找到了原點。

一直以來我都以為我成長了。

但其實我一直都沒有改變。

——**「小武，若是我之後成為魔王，你願意成為打倒我的勇者嗎？」**

「我不願意。」

事隔多年，我終於能這樣回答季晴夏的問題。

「即使妳變成魔王，我也不願意打倒妳。」

看著身前那無數因為我而獲得拯救的人，我向著不知在何處的季晴夏說道：

「一直以來我想做的事都只有一樣——」

「——那就是以弟弟的身分拯救妳喔。」

「……」

我張開口，想要說點什麼。

「……」

但是不管我怎麼努力，我還是一個字都吐不出來。

「…………」

看著躺在地上，不斷從口中吐水的雲悠然，我是真的不知道該怎麼表達心中的想法好。

就在我進入病能者研究院後，我才發現本該跟著我的雲悠然不知道到何處了。

經過十分鐘的搜索後，才發現這傢伙沉在海底中。

要不是靠研究院中的人將她打撈起來，她就要在沒人知道的狀況下變成魚的飼料了。

「我、我……咳！」

臉色蒼白的雲悠然強自撐起身子，不斷咳嗽說道：

「我只說我會閉氣吧……」
「是……妳確實這麼說過。」
「只會閉氣……」
她閉上雙眼，就像是燃燒殆盡一般再度趴了下去。
「並不代表會游泳喔……」
「…………………」
這傢伙是怎樣，我說真的，到底是怎樣啊？
所以要解決最強的人類很簡單，只要把她丟到水中就行了是嗎？
不對，總覺得到時她突然又會游泳也是有可能的。
讓他人無言這方面，她才是最強的吧？
「那個、那個……」
巫妍嘴角微微抽搐地說道：
「四季王的朋友，真的很、很——嗯。」
想不出形容詞的她敷衍了過去。
總覺得這種反應也曾在哪邊看過。
看著巫妍的鮑伯銀髮，我問道：
「對了，要是我誤會的話很抱歉，但是四季之雨的國民偶像巫濡是妳的——？」
「是我的妹妹。」
「果然啊……」

「所以四季王在四季裡頭的事蹟我也耳聞不少喔。」

「真是不好意思啊……」

「比方說常常被葉柔輔佐給逼出宮、還有一不小心就會跟所屬國民打起來的事。」

「……那還真的是不好意思啊。」

我和巫妍一邊說話一邊往研究院深處走，至於渾身溼透的雲悠然則丟在那邊不管，畢竟要應付她實在太累了。

研究院中到處是穿著白袍的研究員，就跟我以往看到的景象一樣。

不，要說不同的話還是有一點有很大不同。

一路上不管遇到誰，都對我深深地低下了頭。

「這邊算是一片世外淨土吧。」

巫妍指著那些研究員說道：

「自從病能者和普通人的第三次世界大戰爆發後，我們這些存活下來的人就躲在海底中，避開外頭的紛紛擾擾。」

「可是這邊不是已經被毀掉了？」

「是的，但是『某人』把它重建了。」

「『某人』是誰？」

「待會兒你就會看到了。」

巫妍眨了眨眼睛，刻意賣了關子。

該說不愧是姊妹嗎？雖然長相略有差異，頭髮長度也不同，但是她的眼睛感覺就像是會笑一般，跟活潑的巫濡一模一樣。

「『某人』重建研究院後，以提供我們居住地和生活用品為代價，委託我們進行工作。」

「什麼樣的工作？」

「不管是什麼都好，想辦法發現有關季晴夏的蹤跡。」

「晴姊的行蹤？」

「是的，我們在世界各地放出了無人機，並和世界的情報組織進行交易，這所研究院，現在已是地下世界聞名的情報組織了。」

「那麼，有找到任何有關晴姊的線索嗎？」

「沒有。」

巫妍搖了搖頭說道：

「就像是人間蒸發了，完全找不到她的行蹤。」

「果然啊……」

「不過四季的情報倒是可以跟你說一下。」

巫妍指著天空說道：

「自從四季發生異變後，整個和之島就被『臉盲』加上『萬物扭曲』的病能所籠罩，誰都無法觀測。」

「這看起來……應該是葉柔和裏科塔的緊急應變。」

「四季王說得沒錯，四季就是整個世界的縮小版，多虧了這個處置，下方世界並沒有發現和之島上的動亂，他們的印象依舊停留在之前和樂融融的祭典，也因此現在世界依舊和平。」

還能做這樣的處置，或許表示葉柔並沒有大礙吧？

伴隨著私心，我不禁如此希望。

「要是有新的四季情報，我會第一時間告訴四季王的。」

「那就拜託妳了。」

我和巫姸不斷向前走，很快地就來到了病能者研究院的中心點。

這個房間，當初是我和季雨冬最後的避難點，現在已改建成一個高貴典雅的房間。

「不過呢……雖然不管怎麼找都找不到季晴夏，但僅是確認到這點就足夠了。」

「咦？」

「接著的詳情，就由這個『某人』來為你說明吧。」

巫姸一邊拉開雕飾著無數蝴蝶的木門，一邊說道：

「我們不斷搜集疑點和碎片，終於拼湊出了一個大致的真相，我們確信——這就是季晴夏隱藏的事情，也是病能者計畫的關鍵。」

大量的藍光和寒氣從房間中傾瀉而出。

在無數電腦的正中央，有一個大型螢幕。

「好久不見了。」

螢幕中的人「啪」的一聲張開了扇子。

「能見到你真是太好了，季武。」

以電腦構成的人格——虛擬院長對我露出了高雅的笑容。

嚴格來說，眼前的人並不是虛擬院長，而是Q版的虛擬院長。

穿著層層和服，只有兩頭身的她，比起過去的優雅，更多的是可愛。

「別擔心，正牌的虛擬院長已經被你殺死了，儘管同樣都是虛擬程式，但我和她是不同的存在。」

小小的虛擬院長揮動小小的手說道：

「現在在你面前的，僅是管理、分析這所研究院情報的虛擬程式，並不會做這以上的事，請用『小院長』稱呼我吧。」

「小院長……」

天啊，真的好可愛。

我心中認為最可愛的生物是科塔，但現在她的地位似乎有點動搖了。

「那麼，兩位慢慢聊。」

巫妍一邊掩嘴「嗚呵呵」地笑著，一邊退出房間將門拉上。

「我這個電燈泡就不打擾兩位年輕人了。」

為什麼搞得好像相親一樣？巫家的人是不是都喜歡這種即興演出啊？

「那麼，季武。」

螢幕中的小院長揮著迷你的扇子，說道：

「剩下的時間可能比你想的還少，我們還是盡快進入正題吧。」

她調了調坐姿，似乎想要正坐。

但是因為腿很短的關係，使得畫面上的小院長就像是跳起來之後，「咚」的一聲突然少了一小截。

「季武，你怎麼了？為何要突然仰頭，然後用手按住自己的雙眼？」

「我對科塔的愛忠貞不變我對科塔的愛忠貞不變我對科塔的愛忠貞不變我對科塔的愛忠貞不變我對科塔的愛忠貞不變我對科塔的愛忠貞不變我對科塔的愛忠貞不變──」

「……你是壓力太大腦子燒壞了嗎？為何突然宣言起對科塔的愛？」

「沒事……總之妳想跟我說什麼？」

我趕緊整理自己的心情。

「季武，你最後一次看到季晴夏是什麼時候？」

「最後一次……？」

我閉眼開始回想。

在病能者研究院毀滅時，她出來拯救過我一次。

第二次見到她，應該是在家族之島，那時的她偽裝成季雨冬，潛藏在我身邊。

從那次之後，我就再也沒看過她了。

「最後一次和晴姊見面，應該是在家族之島上。」

「那一次你和她有肢體接觸嗎？」

「有，我將她背在了背上。」

「嗯……」

不知為何，聽到我這麼說，小院長閉眼沉思。

「有什麼不對嗎？」

「不，我只是在思考一些事情。」

張開小小的扇子，小院長遮住臉的下半部。

「我最後一次看到季晴夏，是在祕密之堡外面。」

「祕密之堡？」

「那時季晴夏在離祕密之堡幾百公尺的一座小山丘上，我和她談了一會兒話。」

「也就是說，晴姊最後一次出現，是在我殺了季曇春之後嗎？」

「不對，那並非事實。」

「咦？」

「那時我就已經偷偷重建病能者研究院，命令研究員他們監測全世界，我在祕密之堡外頭和季晴夏談話，表面上是想要動搖她，但其實是想拖延時間，讓研究院鎖定她，使她之後不管到何處都無所遁形。」

「……還是一樣，心機深沉得讓人害怕啊。」

雖然小院長看起來很可愛，但是看著她。我心中還是不由得冒出了些許寒氣。

「可惜的是，我的計策最後並沒有成功。」

「為何？」

「因為季晴夏並不在那邊。」

「…………」

一瞬間我懷疑我聽錯了，但小院長馬上又重複了一次她所說的話。

「季晴夏雖然在跟我說話，但其實『她並不存在於該處』。」

「這是……怎麼回事？」

「明明在跟我說話，但研究院的人完全觀測不到她，不管是氣味、聲音還是身影都沒有，就彷彿我在跟一個幽靈說話。」

「……………」

「我甚至請人在事後於季晴夏所站的地方仔細察看，但是別說痕跡了，她連一根毛髮和一點皮屑都沒留下。」

心中起了不祥的預感。

就像即將知道什麼討厭的事實，我感到胃中似乎有什麼東西在翻滾，很不舒服。

「所以我認為，季晴夏最後一次存在於世，就是在家族之島時——也就是你背著她的那刻。」

「最後一次存在……？妳說的好像晴姊已經不在這世上一樣。」

「我就是這個意思。」

「…………」

晴姊她……已經死了？

突然而來的衝擊性事實，讓我怎麼樣都無法接受。

「要不是有足夠的證據，我也不會這麼說。」

小院長將扇子闔了起來。

「雖然存在已完全不同，但既然我能冠上院長之名，就表示我的基礎設定不變。」

「『僅存實話』……」

「是的，我僅說實話——也只能說實話。」

不祥的預感越來越濃烈。

我已經好久沒有這樣的感覺了。

要是沒有強自壓抑，我似乎就會忍不住吐出來。

「其實，線索一直以來都有的，但是真相實在太匪夷所思，即使到現在我都不能完全理解。」

——**「病能者研究院的『刪除左邊』、家族之島的『最強電腦』、祕密之堡的『季曇春』、和之島上的『幻肢殭屍』，這些全都是有意義的。」**

「為什麼一直沒有人找得到季晴夏？」

「因為她是晴姊……」

「不，其實答案意外單純——僅是因為她根本就不存在於世。」

「…………」

「季武，你不能逃避。」

小院長用扇子指向我。

「最後一次看到季晴夏的是你，我想你早已隱約察覺到了事實。」

「我、我——」

「那時，季晴夏在家族之島崩毀後，對你說的話是什麼呢？」

「是、是——」

——**永別了**。

「不、不，這怎麼可能……」

我感到腦袋一片混亂。

「那只是單純的告別而已。」

我不斷尋找理由，反抗這個事實。

「沒有人找得到晴姊，說不定是因為她又發明了什麼病能。」

是的，比方說「刪除左邊」、「不可理解」，就算用「臉盲」和「萬物扭曲」，也能製造出這樣的效果。

「我之所以會認為季晴夏已經不存在，還有另一個很大的理由。」

「什麼理由？」

「從一開始建造這所病能者研究院時，我就一直有這個疑問，但是多年過去後，我才終於想通了這個可怕的問題。」

──砰咚、砰咚！

心臟激烈跳動！大聲的就像是要震破我的耳膜。

但是我甚至希望它能再大聲點。

因為這樣，我或許就能聽不見小院長接著的話。

「季武，你還記得這所研究院當初建立的目的是什麼嗎？」

那時，院長還未死。

不只院長，所有國家都在做同樣的一件事，那就是──

「找出病能者的製造法。」

「是的，當時除了季晴夏外，無人能製造出病能者。」

「那只是還未發現方法而已，後來去家族之島時，不是就發現了製造法嗎？」

「你說的是『最強電腦』，對吧？」

小院長身邊出現了許多火柴人的圖示，並用無數細繩將其頭部連起來。

「將人類的大腦連接起來，構成性能遠勝超級電腦的『最強電腦』，運用『最強電腦』進行運算，就能將普通人類變成病能者。」

「沒錯。」

我還記得當時發現此事的震驚。

在家族之島的深處，我看到了八百名被裝進透明培養槽中的人。

「八百名家族之人死掉，他們死後的大腦被季晴夏製成『最強電腦』，這就是世上第一臺『最強電腦』。」

「沒錯。」

「我再確認一次，你認為這是『世上第一臺最強電腦』？」

「……是的。」

若它不是，它不用在家族之島上被層層保護。

而且要掩人耳目將八百人裝在透明培養槽中，需要一個誰都發現不到的巨大場所，這樣的地點可不是想找就能找得到。

唯有家族之島符合條件，所以藏在裡頭的最強電腦必定是第一臺。

——**「家族之島的『最強電腦』，是有意義的。」**

「那麼，下一個問題，我、葉藏和葉柔是怎麼變成病能者的？」

「從時間點推測，應該是『家族之島』上的最強電腦將你們改造成了病能者。」

家族全滅後，最強電腦出現，將院長母女三人變成了病能者。

「葉柔在之後回到了家族之島，至於院長和葉藏則來到了病能者研究所。」

在那之後沒多久，就爆發了將整所研究院捲入的院長死亡事件。

「難道不是這樣嗎？」

「是的，你說的都對。」

小院長緩緩地閉上雙眼。

「但也就是因為一切都對，才有了不對。」

「……」

「季武啊，你難道沒有發現這之中可怕的矛盾之處嗎？」

一行一行文字亮了出來，將剛剛我說的話依照時間軸排列。

「家族全滅。」

「第一臺最強電腦出現。」

「院長、葉藏、葉柔被改造成病能者。」

「病能者研究所事件爆發。」

看著那些事件，我緊緊抓著胸前的衣服，突然感到有些頭暈目眩。

「…………這似乎……不太對。」

這之中有很大的矛盾。

甚至可說是明顯至極的謬誤。

——最初的錯誤。

「季武，你究竟是真的沒發現，還是下意識的閃躲真相呢？」

「我、我……」

「如果製造病能者，真的需要『最強電腦』的話——」

小院長的扇子就像刀劍一般刺向了我！

「那麼，『你』是怎麼來的？」

彷彿被小院長的話刺穿，我全身僵硬。

「回答我啊，季武——不，最初的病能者。」

我誕生的時間點，毫無疑問在「家族」覆滅之前。

也就是說——

那時，根本就還沒有「最強電腦」。

「若是那時不存在最強電腦——」

「那你這個最初的病能者是怎麼出現的？」

我沒有十二歲前的記憶。

當我睜開眼後，我第一眼看到的是晴姊，第一句聽到的話，也是由晴姊向我述說。

——**「既然你沒有家人也一無所有，那麼你之後就當我的弟弟吧！」**

晴姊充滿自信的雙眼看著我，露出大大的笑容。

——**「從今天起，我就是你的姊姊了！」**

我是這個世界上第一個病能者，甚至比季晴夏還早。

等到我來到了祕密之堡後，我終於知道了自己為何沒有十二歲前的記憶。

「你是我製造出來的人類。」

我是季晴夏一手打造的人類。

——「祕密之堡的『季曇春』，是有意義的。」

季晴夏擁有製造人類的能力。
她將我製造出來後，將我改造成了病能者。
但是在那個時間點，家族尚存，「第一臺最強電腦」也還未誕生。
若製造病能者真的需要「最強電腦」——
那麼我是不可能變成病能者的。
「為何……我竟沒有想到？」
抓著胸口衣服的手越來越緊，就像是想要連著我的心一起扯碎。
「我的存在本身……就是最大的線索啊。」
「沒錯，這證明了很重要的一件事——」
小院長下了結論。
「那就是製造病能者，『最強電腦』並不是必要元素。」
「不對，這不可能……」
我搖了搖頭。

「仔細想想，這個推論也有問題。」

「怎麼說？」

「院長在家族之島打敗我們，掌握『最強電腦』後，不是將製造法傳到了世界各地嗎？」

這導致了病能者數量大幅增加，引爆了之後的第三次世界大戰。

「事實上，各國也依照這方法，製造了許多病能者出來。」

若說製造病能者，其實並不需要「最強電腦」。

那這些病能者是怎麼生產成功的？

「就像我剛說的，真正重要的並不是『最強電腦』，製造病能者的『必要材料』，其實是別的東西。」

「那個『必要材料』是什麼？」

「……」

「回答我啊，小院長，到底是什麼造就了病能者的出現？」

「…………………」

不知為何，小院長突然沉默了下來。

她小小的嘴巴一張一闔，就像是想說什麼，但是又無法說的模樣。

經過幾次嘗試後，終於放棄的她緩緩說道：

「……我無法告訴你答案。」

「為什麼？」

「因為我不能說謊。」

放下手中的扇子，小院長說道：

「我搜集到的疑點和線索，已讓我極為接近真相，但我仍不能肯定這就是最終的真相，畢竟這實在超出人類理解的範疇。」

「但是，即使不能完全確定，妳仍跟我說『季晴夏已經死了』。」

「不，我不是這麼說的吧。」

小院長正色說道：

「我說的是『季晴夏已不存在於世』，但這並不代表死亡。」

「這兩者有什麼不同嗎？」

「當然不同，從最基礎的定義部分就不同了——」

就在小院長想要繼續說的那刻，異變突然發生。

——砰！

一陣天搖地動，就連身處海底的我都感受得到這陣晃動。

「開始了……」

小院長注視著遠方。

「病能者計畫，要開始最後階段了。」

就在此刻，某種波動擴散開來。

就像是被某種機械掃描一般，我感到一道黑光從我身上穿過。

「小院長！四季王！」

慌亂的巫妍啪的一聲打開門！

「大事不妙了！」

「發生什麼事了？」

「全世界的病能者……都被控制了。」

拿著一臺平板的巫妍指著上頭說道：

「所有病能者身上都纏上了黑霧，開始向普通人進攻！」

世界有六十億人口。

在第三次世界大戰後，全世界的人口剩下四十億。

這四十億中，有三十億是普通人，剩下十億則是病能者。

為了世界和平，也為了避免爭端。

我設置了恐懼結界，將四季和世界分成了兩邊。

東邊是病能者之國，西邊是普通人之國。

「我的天啊……」

但是，現在病能者這邊發生了嚴重的異變。

所有病能者都雙眼失神，喪失了自己的意志，全身上下染滿了黑霧。

「是雨冬做的嗎？」

不對，雖然在四季時，她控制了所有四季之晴的國民。

但那頂多幾百萬人，跟現在十億人的情況是完全不同等級的事情。

控制一半世界的人……這樣的運算連我都做不到。

「四季王！」

巫妍慌亂地喊道：

「十億病能者朝東邊走去，就快抵達和人類之國之間的國境了！」

十億位病能者化作黑色的潮水，準備越過我設下的「分界線」，向普通人的國度侵門踏戶。

「為什麼這樣！」

我感到腦袋一片混亂！

這一年半來建立的和平，就這樣毫無徵兆的被破壞了！

「四季王，一般人對此侵略產生了反應，他們也舉起了武器和病能武器！」

等一下，要是再繼續這樣下去——

第四次世界大戰開始也不是不可能的事！

「『恐懼結界』調整開始——」

我手按頭上的王冠！發動病能讓其發出光芒！

現在不是猶豫的時候了！

我必須阻止這些病能者的腳步！

「強度兩倍、三倍、四倍——」

為了不讓病能者越雷池一步，我加強了隔離病能者和普通人的結界力度。

只要站在不屬於自己的國度，你腦內的恐懼炸彈就會瞬間爆炸，讓你喪失意識。

「有效了！四季王！」

巫妍看著手上的平板說道：

「越過『分界線』的病能者倒了下去！」

「那就趁現在快點——」

我咬著牙，努力下著指令！

「幫我查出異變的原因！」

「好的，我盡快！」

巫妍不斷對著平板下令，呼叫其他研究員幫她調閱情報。

雖然表面上看起來情況暫時舒緩了，但那其實只是假象。

冷汗從我額上流下。

現在的我已開到了四感共鳴。

加大恐懼結界的力度，就表示我的大腦的運算增加。

雖然不是十億病能者都越過分界線，但是踩在分界線上的人，少說也有一億人。

在他們踏過的瞬間，我就必須刺激他們腦內的恐懼炸彈，使其昏倒。

也就是說——

現在的我，憑藉著一人阻礙一億人的腳步。

我感到就像有某種數千斤的事物壓在我身上，讓我幾乎要喘不過氣來。

「四季王！你鼻子和嘴巴都流出血了！」

「別管我！快點查出真相！」

「可是──」

「快點──！」

被我一聲大喝，巫妍趕緊回頭工作！

就算查出異變的原因，現在的我還有餘力去解決它嗎？

不對，不是能不能的問題，是只有我能做──

「四季王！」

巫妍大叫！

「後方的病能者踏上倒下的人的背上！想要越過分界線！」

「嗚──！」

本來只有一億人的情報要處理，但是後方的人踏了上去，讓我要處理的訊息量瞬間變成了兩倍！

「五、五感共鳴！」

眼前的一切盡皆融化！

我感到自己與分界線同化！

「五倍──不，十倍強度！」

第二波攻勢硬生生的被我阻止，就算只是越過一釐米，我也引爆恐懼炸彈，讓它暈倒！

「四季王！你的眼睛全是血啊啊啊啊啊！」

模糊的意識中，似乎傳來了巫妍的聲音，但是我聽不到。

不管前面倒下多少病能者，後方的病能者還是前仆後繼地擠了上來。

壓在身上的壓力越來越大，我感到自己的身體深處傳來了崩垮的聲音！

「我的天啊……」

看著即時影像的巫妍雙腳一軟，坐倒在地。

「怎麼……會變成這樣……」

無數的病能者堆疊在一起，就像是黑色的海浪！

但是被我操作的恐懼結界擋住，使得他們不管多麼努力，都無法越過分界線。

在這道隱形的牆壁前，病能者不斷的向上相疊，最終成了一座以人類做為建材的高塔！

「嗚……」

就算是我，也快到極限了。

我感到腦袋似乎要融化一般。

越來越多人踏上分界線，越來越多情報要處理。

隱形的牆壁很快地產生了裂痕。

幾隻漏網之魚從人類之塔落下，掉到地上，越過了我設下的界線。

「緊急模式啟動！」

頭上的王冠發出了紅色的光芒！

我雙手按住王冠，投入了更多運算。

將第六感也用上，使用更多的腦細胞，將自己逼到極限。
「恐懼結界調整到臨界值！」
倒下去一定比較輕鬆吧？
我感到十億人踩在我的身上，但是我依然強自撐起身子。
融化的感覺越來越嚴重，我感到世界和我合而為一。
可能是過度使用，另一個異變在此時發生了。
「你知道嗎——」
我不知道我正在跟誰說話。
或許是過大的壓力讓我錯亂了吧。
但是，我仍然抹去嘴角的鮮血，直面前方。
「你知道嗎——！」
現在的和平，是我犧牲多少事物換來的。
我與晴姊和雨冬分離。
我殺了季曇春和院長。
我將一直輔佐我的葉柔和葉藏拋在了敵人之中！
「所以——誰都別想越過去！」
我感到全身上下迸出了無數小傷口，從中流出了鮮血！
「分裂吧！」
將世界一分為二！病能者歸病能者，普通人歸普通人。

「誰都別想破壞——這麼多人努力建成的世界！」
——轟！
我感到整個世界開始震盪。
在動蕩數十秒後，地面終於恢復了平穩。
「成功了……」
巫妍看著平板，開心地跳了起來！
「成功了啊！四季王！」
她指著螢幕上的畫面！
「所有人都暫時暈倒了啊！」
「那就……好……」
「竟然一人阻止了十億人，你也太厲害了吧！」
巫妍雙手伸入我腋下，托起我開始轉圈！
「等一下，別、別轉圈了……」
因為用了太多運算，所以我的體力幾盡耗竭。
只要一點搖晃，我就感到暈頭轉向。
「唉呀！正是聞名不如見面啊！你真是太厲害了！完全超出我的想像！」
感動的巫妍聽從我的建議，停止了轉圈的動作——改成拋擲。
「等、等一下！這動作不是更激烈了嗎？」
我的雙眼因為暈眩而變成了螺旋狀，身上的傷口也似乎有越來越大的趨勢。

「耶～～耶～～」

剛剛還在溺水狀態的雲悠然突然出現，跟著巫妍一起將我拋上拋下！

「妳這傢伙不要這時候就跑出來湊熱鬧！」

「喔，好。」

——砰！

雲悠然突然收手，讓我就這樣臉朝下撞到了地上！

「……………………」

房間中一片靜默。

巫妍、小院長和雲悠然看著趴在地上的我，一陣尷尬。

過了大約十分鐘後，我緩緩爬了起來，對雲悠然露出了笑容——

「嗨。」

雲悠然回了我一個笑容。

「妳這傢伙啊啊啊啊啊啊啊——！」

我伸出手去，想要狠狠制裁她！

但就在我手即將碰到她時——

「季武。」

雲悠然突然指著巫妍手上的平板。

「事情還沒結束喔。」

「咦？」

——剛剛的黑色波動再度出現！

所有昏倒的病能者再度站了起來，身上纏繞著黑霧。

「怎麼會這樣……」

「這些病能者本來就不是依照自己的意志在前進。」

小院長張開扇子，插口道：

「所以只要在背後操縱他們的黑幕存在，那讓昏倒的他們再度起身，也不是什麼難事吧？」

「那麼現在，究竟該怎麼辦好——嗚！」

我說到一半後住了口！

剛剛的那股重壓再度壓在身上！

無數的病能者再度往前進，想要越過分界線。

「看來，要是不打倒背後的操縱者，那些病能者是不會停下腳步的。」

「那個背後的操縱者……在哪裡……」

我一邊阻礙那些前進的病能者，一邊咬牙問道。

「等一下，我馬上查一下！」

巫妍慌慌張張地重新下令。

「快一點……要不然我的體力……」

體力不斷的消耗，要是再拖得久點，我連阻止他們都辦不到。

我抱著希望看向小院長——

「反向探尋黑霧的來源，我鎖定了一個區域，但我並沒有在這個範疇中找到可疑的人物。」

小院長闔起扇子，說出了讓人沮喪不已的答案。

在此刻，我深切地體認到，她不是原本的院長。

我不能依靠她。

看來，我只能自己想辦法了——

「在『家族之島』喔。」

身旁的雲悠然突然開口。

「操作病能者的人，現在在『家族之島』。」

「難不成是——」

「是的。」

雲悠然摸著脖子上的項圈。

「是『世界之聲』跟我說的。」

「那就……去那裡……吧……」

我一邊抵抗身上的重壓，一邊向前邁開步伐。

「以你這樣的狀態去，又能做什麼？」

雲悠然一臉疑惑地看著我。

「我甚至不認為你能走到那邊。」

「別跟我說……這些話了……」

我一邊忍受要撕裂全身的劇痛。

「快點啟動禮物……送我到『家族之島』……」

夥伴拚盡全力，才將我送到了這個地方。

那麼，我就不能辜負他們的期待。

「承受這種強度的運算，同時又要和敵人戰鬥，這根本是不可能的事。」

小院長吐出了實話。

「但是……現在只有這個方法了……咳！」

「四季王！你還好嗎？」

看著吐出一大口血的我，巫妍趕緊上來扶住幾乎要站不住的我。

「還有一個方法。」

小院長「啪」的一聲闔起了扇子。

「什麼……方法？」

「既然無法同時做兩件事，那就把其中一件事分給他人吧。」

「不管是『恐懼結界』的操控……還是趕到『家族之島』這事……都沒人可以替代我……」

「四季王，可以的。」

身旁的巫妍向我露出笑容。

「只要你把操作恐懼結界的權限開給我們，我們就能代為操作。」

「就算你們能操作也沒用。」

我搖了搖頭。

「這麼高強度的運算，不管運用怎樣的電腦都無法承受。」

即使開到五感共鳴還有第六感的我，也都只是勉強能應付而已。

「是的，不管是怎麼樣的電腦都無法承受——」

巫妍手撫著胸膛。

「但是，『最強電腦』就沒問題了吧？」

「咦？」

巫妍走到小院長身邊。

「病能者研究院中目前有九八九九人。」

小院長接上巫妍的話。

「只要把這些人全數連接起來，化作『最強電腦』，再由我這個虛擬程式輔以計算，就能頂住這樣高強度的運算。」

「別開玩笑了！」

我不禁大吼！

「你們真的懂化作『最強電腦』是什麼意思嗎？」

停止一切人類的情感、思考和意識，僅僅化作運算的原料和電腦的一部分而存在。

「——這跟死了是同等意思啊！」

「不是的，這不是死。」

巫妍搖了搖頭上的銀色短髮。

「只要四季王拯救世界後，再來解救變成電腦的我們就好。」
房間深處傳來了異響。
無數的透明培養槽從底下的地板中出現。
「所以，這不是死——這是向未來許願。」
隨著巫妍的話，身後傳來了無數腳步聲。
我轉頭一看，只見無數穿著白袍的研究員站到了我後方。
「讓我們回報你的恩情吧，四季王。」
所有人臉上都掛著笑容，絲毫不像是要去赴死的表情。
「即使是化作最強電腦，我們也頂多撐個一小時吧。」
小院長揮動扇子。
「時間寶貴，季武，快去吧。」
「你們……」
「別猶豫了！快去！」
——啪！
巫妍露出像是巫濡的元氣笑容，大力拍了一下我的背！
「在你締結的緣分支持下，去拯救世界吧！」

最終，我看著所有人走進透明培養槽，變成了「最強電腦」。

用力咬著下嘴唇——將嘴唇咬到都是血，我終於忍住了阻止他們的話語。

沒有多久，九八九人就全都走進了透明培養槽，化作了冰冷的零件。

確認最強電腦架設完成後，我將恐懼結界的權限分給了小院長，靠著研究員構成的最強電腦，病能者的侵略總算是擋了下來。

卸掉身上重壓的我，體內已經任何一點力氣都沒有了。

藉著雲悠然的攙扶，我上了「禮物」。

「季武。」

就在臨走前，小院長叫了我一聲。

我轉過頭去，卻連回話的力氣都沒有了。

「我無法告知你最終答案，但我相信你離答案已僅剩一步之遙。」

小院長將扇子放到地上，就像是責任已盡。

「季晴夏為何消失於世？製造病能者需要的『必要材料』是什麼？現在的病能者異變究竟象徵著什麼？請你謹記這些疑點，在之後的旅程中好好思考。」

以漂亮的正座姿態向我深深地拜了下去，小院長說道：

「身為僅說實話的存在，卻沒能告訴你真相，實在是萬分抱歉。」

抬起頭來，她露出了令人懷念無比的高雅笑容說道：

「祝你之後武運昌隆。」

我再度被低沉的引擎聲和輕微的搖晃包圍。

躺在往「家族之島」全速前進的「禮物」上，疲憊不堪的我幾乎要喪失意識。

在這個時候，我不知為何突然想起了季晴夏。

晴姊，妳到底想要用什麼方法救世？

創造一個物種，然後又讓兩個物種徹底分裂，這就是妳所希冀的世界和平嗎？

這些年來，我沒看到任何拯救，只看到了無數犧牲。

我一直以為我已經追上妳了，可以試著瞭解妳在想些什麼了。

但是，妳還是不可理解。

「妳真的……已經哪裡都不在了嗎？」

我緩緩閉上了眼。

在無盡的黑暗中，我做了一個非常甜美的夢。

我、雨冬和晴姊三人一同走著，就像是普通的家人。

晴姊沒有背負著什麼，雨冬也沒有忍耐著什麼。

我牽著她們兩人，一同緩緩地向前走。

「為什麼會變成現在這樣呢……？」

不管哪裡都找不到晴姊，而雨冬也有可能是造成這一切異變的原因。

夢終究只是夢嗎？

「但是……病能者的力量根源來自於認知。」

只要願意相信……那就足以干擾現實。

所以沒問題的。

這麼多年的祈願和努力，不會白費的。
即使那是現實中不存在——虛幻無比的美夢。
我也會拚盡一切讓其實現的。

Chapter 3 季晴夏真正的所在之處

「到了。」

我被雲悠然給搖醒。

因為過於疲憊的關係，我覺得才剛剛閉上眼睛，就到了目的地。

感覺纏在身上的空氣好重，就連睜開眼皮都覺得費勁。

我看了看身上的傷口，在剛剛我睡著的時間中，完全沒有因為病能而癒合。

「我的體力已經枯竭了嗎……？」

但是，依然不能停止腳步。

我望向「禮物」外，發現我們的下方正是殘破的家族之島。

之前它曾因為我們爭奪最強電腦的關係而崩解過一次。

原本圓形的島就像是被隕石砸到一般，變成了新月的形狀。

「這裡是家族之島。」

雲悠然看著下方的島，擺出一副嚴正的表情說道：

「過去收了葉藏為奴的季武，被妹妹葉柔帶到了這邊來，這座島上全是武藝高強的女人，唯有季武一個男人，這時院長突然出現，逼迫季武娶葉藏為妻，不過季武不忍心丟下妹妹葉柔不管，決定先讓姊妹兩人和解，這樣就能順理成章的將姊妹倆都帶在身邊。」

「妳這次的前情提要也太奇怪了吧！」

「難道我說的不對嗎？全部都是事實吧？」

「當然不對！雖然是事實，但總覺得微妙的偏離重點！」

不行不行。

現在已沒有多少體力了，不能隨著雲悠然的腳步起舞。

「我剛剛睡了多久？」

我試圖拉回正題，面對我的問題，雲悠然揉了揉眼答道：

「你睡了大概——我怎麼可能知道，因為我也睡著了。」

「……是我不對，竟然期待從妳身上問出答案來。」

「等一下喔，我幫你問一下『世界之聲』。」

雲悠然雙手伸出食指，抵在太陽穴的位置上說道：

「唔嗯……『世界之聲』說你大概睡了十分鐘二十六秒左右。」

「世界之聲』怎麼聽起來跟鬧鐘有點像？」

「祂其實意外的很方便，我也曾在懶得出門時，請祂幫我傳個聲音到速食店去訂外送。」

「我越來越搞不懂『世界之聲』是什麼了。」

天啟或是天機的神祕性到哪裡了？

「不過我們動作最好快點。」

雲悠然雖然嘴上說得緊急，但表情一點都不緊張。

「病能者研究所的人雖然組成了『最強電腦』，但那樣高強度的運算，他們頂多承受一小時吧。」

「我知道。」

要是他們阻攔不住那些病能者，那麼他們就會越過分界線，一湧而上。

換句話說……離第四次世界大戰開始，只剩五十分鐘左右。

「那麼，準備好了嗎？雲悠然。」

「喂喂，你問這什麼問題啊——我哪一次準備好的？」

「也是……」

「家族之島的最強電腦現在沉在海底對吧？交給我吧，身為最強人類，我在閉氣方面可說是極為擅長——嘿！」

雲悠然毫不猶豫地從「禮物」躍了出去！

「妳給我等一下！」

我趕緊拉住她外套後方的帽子，阻止她的行動。

「妳是完全忘了剛剛的教訓嗎？」

「剛剛的教訓？」

吊在半空中的雲悠然抱起雙臂，一副打從心底感到疑惑的模樣。

「剛剛在我身上有發生什麼事嗎？」

看來她是完全忘了自己剛剛差點就要淹死的事。

「算了……這次我會注意的。」
只要在她溺斃前將她拉上岸就好了吧？
「總之，萬事小心。」
雖然小睡了一下，但我的體力已所剩無幾。
別說五感共鳴了，我現在連四感共鳴都不一定使得出來。
要是遇到危險，那還真的不知道該如何是好——
——砰！
就在我這麼想時，「禮物」突然大幅搖晃！
我抬頭一看，只見不知何時，數十名染著黑霧的病能者突然跳上了「禮物」的機身上！
「臉盲！」、「萬物扭曲！」
不可視的範圍逐漸擴大，很快地我的眼前就一片霧茫茫的，什麼都看不清。
看來他們剛剛就是隱藏在這樣的病能中，難怪我沒發覺他們已經靠近了。
「不過，現在不是跟你們糾纏的時候！」
雖然沒體力和你們對戰，但這不代表我沒有戰鬥的方式。
我將打開的艙門關起。
「這可是吸收病能運作，季晴夏發明的噴射機啊！」
我將手掌放在前方的控制鈕！
「武器系統開啟！形態變化——『感知共鳴』模式！」

我感到一道光從尾翼處起始，順著機身鍍了上去，直達機首。

這瞬間，禮物吸收了我的病能，與我融為一體，我的視野登時開闊起來！

趴在機身上的敵人共有十三位！

「他人的手！」

他們舉起染黑的左手，想要插進機身中破壞「禮物」！

「不會讓你們得逞的！」

我一個三百六十度大迴轉！

一個病能者被慣性甩脫，從機身上掉了下來！

其餘的人雖沒有被我扯下來，但也只能雙手緊抓機身，無暇再進行攻擊。

「為什麼……他們也會有『他人的手』這個病能？」

這些病能者的左手，傳來了跟季雨冬左手相同的味道。

——既不祥又強大。

但是這究竟是為何呢？

晴姊的左手只有一隻，這些人身上是不可能有的。

雖然心中有著無數疑惑，但是情況緊急的現在沒有餘裕讓我思考。

我將機頭拉了起來，朝著上空飛去！

一馬赫！二馬赫！三馬赫！

在這樣的高速下，又有兩個病能者從機身上掉了下去。

「很好，只要這樣繼續保持下去……」

只要不斷高速迴轉，他們遲早會全部都掉下去！

就在我這麼想時——

「家人製造！」

剩下的十人同聲說道！

我的意識登時模糊起來。

對，這十人是我的家人，我為何要這樣殘酷地對待他們——

「不對！」

我用力一咬舌頭，藉由疼痛強自讓自己保持清醒！

沒想到物理性的攻擊行不通，他們就改為精神性的攻擊。

因為整個機身就等同於我的感官，所以這種襲擊對我意外有效。

我將部分感知病能收回，但少了我的操作和病能後，噴射機的速度瞬間慢了下來。

抓穩的他們再度舉起了染黑的左手——

——砰咚！

我感到「禮物」上開了無數洞！

禮物大幅度的搖晃、傾斜！

「喂！雲悠然！快想點辦法啊！」

「等、等一下，現在別跟我說話——」

雲悠然摀著嘴，臉色蒼白地說道：

「我有點暈機——嗚嘔！」

「說真的！從旅途開始到現在，妳到底有什麼用啊！」

若是要加快速度，就會因為過度同化機體而遭到精神方面的攻擊。

若是速度過慢，那麼抓到空檔的他們就會肆機破壞機體。

不管是進還是退都不是。

那麼，就只能這麼做了——

「去死吧！」

我將機首朝下！

「解除『感知共鳴』模式！」

失速的飛機以螺旋狀的方式向下頭的大海墜去！

「動力解除！關閉所有『禮物』的機能！」

駕駛艙登時變得一片黑暗！

但是二感共鳴的我，還是可以感受到幽藍的大海以極高速逼近面前！

在這樣的高度和速度下，就算是水面也會跟水泥地一樣硬！

我緊緊抓著身邊的扶手！

「雲悠然！抗衝擊準備！抓穩了——」

——砰咚！

我話還沒說完，撞到艙頂的雲悠然就四肢癱軟，躺在地上翻起了白眼。

「啊啊——！」

情勢都已經夠糟了！這傢伙還給我添亂！

「不管她了啊啊啊啊啊啊！」

離衝擊還有三秒、兩秒、一秒——

我雙手抱著頭！將身體縮成了球形！

——啪唰！

巨大的水花四濺！就像是高空炸彈投入了水中！

激烈的衝擊幾乎要讓機身解體，我可以感受到那些趴在機體上的病能者全數被撞得支離破碎！

噴射機射進大海，直衝進深海中。

但是，危機並沒就此解除。

大量的海水從破洞處灌了進來。

——嚓！

臉頰被銳利的碎片劃過，切開了足以見骨的傷痕。

強烈的水壓混著機體的碎屑，成了無數把肉眼幾乎不可見的小刀直面而來。

狹小的駕駛艙沒有可以閃避的空間，就算用三感共鳴，我也不覺得擋得住這些攻擊。

無法閃躲，無法防禦。

眼看數百片碎屑就要把我分屍——

「『感知共鳴』模式再度開啟！」

我再度同化機體！

既然無法在裡頭閃躲碎片，那就改變外在的條件吧。

我不斷微調機身的角度，改變灌進來的海水流向。

冰冷的水流從我身上流過，化作子彈的碎片，以毫釐之差從我身上劃了過去。

——看清楚啊！

一定要看清楚。

只要漏掉一片，那就足以致命——

「嗚！」

腹部一陣疼痛！

一塊碎片貫穿我的腹部！

只有三感共鳴的演算，果然還是不能盡善盡美。

不過，只要不被打中要害，我就能繼續下去！

就在這時——

——喀！

艙內傳來異響！

因為「禮物」後方被碎片子彈打出了無數孔洞，結構逐漸不穩的禮物被海中的水壓壓扁，就像是被用力一踩的鐵鋁罐！

艙內的空間越來越狹小，不管怎麼改變水流的流向，都已無法完全避開這些碎片構成的子彈！

這裡是處刑場。

是個逐漸變小，向我壓過來的殘酷處刑場。

「喝啊！」

我雙腳用力一踏！

機體雖然傳出異響，但是還是沒有解體！

——嚓！

又是兩片碎片穿過我的右上臂！

「喝啊————————！」

我再度用力一踏！

快啊！快崩解啊——！

「快放我出去啊啊啊啊啊啊啊！」

在我最後一蹬的努力下，禮物「啪」的一聲裂開！

我以沒受傷的左手抓住雲悠然，趕緊以最快速度脫離了解體的禮物，游到了海中。

「嗚……」

腹部的傷口不斷流出血來。

但是我仍強自撐著身體，在海底行走著。

此時，我發現了不對勁。

就像是被關掉了燈，海中一片黑暗。

怎麼這麼黑？我們究竟在剛剛的一瞬間沉到了多深的地方？

不對……並不是海變黑了。

是我已經看不到眼前的事物了。

本來前行的腳步不自覺地停了下來。

在這瞬間，我突然不知道自己身在何處，該往哪裡去。

——你必須這麼做。

此時，也不知道是瀕臨死亡還是別的因素，我再度聽到了「世界之聲」的聲音。

牽著的雲悠然不知何時消失了。

黑暗裹著我，彷彿這個世界只剩下我和那道聲音。

——季武，你必須挖出所有真相。

「為什麼……？」

——因為只有你看到了所有線索，所以你必須這麼做。

「我到底看到什麼？知道什麼？」

——季晴夏為何消失於世？

「因為……她有這麼必須做的理由。」

——現在的病能者異變究竟象徵著什麼？

「有一個存在，足以操控病能者。」

我和「世界之聲」一問一答。

就像被「世界之聲」引導，很多本來疑惑的事物都在此時浮現了解答。

不，說不定——

我其實早就知道答案了。

比任何人感受力都強的我，理應早就知道這是怎麼回事。

——**那麼，操控病能者的是誰？**

在四季看到的情景從心中冒出。

季雨冬高舉黑色的左手，號令所有病能者。

「操控病能者的人是雨冬。」

——**不對，那只是假象。**

「…………」

——**我再問你一次，是誰在操控病能者？**

「是雨冬的……左手。」

——**那左手的主人是誰？**

「……是晴姊。」

——**那麼，最後一個問題。**

——**製造病能者需要的「必要材料」是什麼？**

「是……」

在一片黯然中，我緊緊閉上雙眼，就像是不忍正視這事實。

「是……『晴姊』。」

——你必須發現一切，然後失去你最為摯愛的人。

就在我終於說出答案的瞬間——

一道光芒撕裂了黑暗！

我低頭一看，發現光源來自我左手背上的蝴蝶記號。

象徵病能者的蝴蝶記號發出了眩目的亮光，指向了某個方向。

就像被這道光所牽引，我向著幽暗的前方邁出了腳步。

身體好重、意識也逐漸消散。

就像過去我追隨晴姊那般。

只要跟從這道光，我感覺就能繼續向前。

即使不知會到何方，但我仍然信任著她。

但是——

這是錯的。

晴姊眼中的路，無人能理解。

「晴姊……」

——你們會發現我想要用怎樣過分的方法拯救人類。

「為什麼……妳要這麼做啊？」

在那道光的帶領下，拉著雲悠然的我終於抵達了目的地。

冒出水面的我，爬到了一個位於深海的室內空間。

那是曾經存在家族之島內部的實驗室。

這實驗室曾儲存「最強電腦」，最後沉到了水底。

「這真的太過分了……」

我跪倒在地，臉上滿是水痕。

但是我已分不清那究竟是海水還是淚水。

「妳根本……沒有給我拯救妳的機會啊。」

「若是那時不存在最強電腦——那你這個最初的病能者是怎麼出現的？」

「因為製造病能者，根本不需要『最強電腦』！」

看著左手背上的蝴蝶記號，我不斷握拳敲著地板。

「開什麼玩笑！」

即使左手都是血，但我仍執拗的敲著地板。

「製造病能者的必要材料是晴姊——」

但這並非是「製造者只能是晴姊」的意思。

「一開始之所以只有她可以製造病能者，是因為——」

「是因為『季晴夏本身』，就是製造病能者的材料啊！」

所以才沒有人找到她。

因為她把自己切成了無數碎片，化作了製造病能者的原料。

——**「季晴夏已不存在於世」，但這並不代表死亡。**

「啊啊……」

眼前的視野在搖晃，我感到腳下的世界似乎緩緩崩解。

真是太諷刺了。

晴姊在，她一直都在。

我一直以來遍尋不著的晴姊其實就在身邊。

——就在我的手上，那個蝴蝶記號中。

「啊啊啊啊啊啊啊啊啊啊啊啊————！」

即使敲到手上的蝴蝶記號都是血，我依然沒有停手。

我發現的真相令我作嘔，但即使已經快要暈倒，我也仍無法停止一個又一個的答案在我腦中浮現。

「晴姊將『自己』注入到了人類之中，使普通人變成了病能者。」

我猜，她或許是把自己分解成細胞等級之類的微小分子，然後再輸入到普通人的身體中吧？

「病能者——得了認知疾病的人。」

病能者各式各樣，但不管是哪種病能者，其實都得了相同的病——那就是名為「季晴夏」的病。

晴姊就像是病毒一般，寄生在病能者的身體中。

病能者身上的蝴蝶記號，想必就是由晴姊的細胞所構成。

所以才不管怎麼做，病能者都無法消除掉身上的蝴蝶圖示。

「但是……」

不管晴姊把自己切得有多碎，她都不可能變成十億份，寄生在這麼大量的人身上。

「等一下……所以季曇春被製造出來的理由是——」

——「祕密之堡的『季曇春』，是有意義的。」

「晴姊製造季曇春這個複製人的理由，並不只是想要將她當作儲存祕密的器具。」

她真正想要做的事情是——

「是想確認『她自己能不能複製自己』……」

我敲擊地板的動作終於停止。

但是，那不是因為受不了疼痛。

而是浮現在腦中的真相實在過於驚人。

「所以……製造病能者才需要『最強電腦』嗎？」
「最強電腦」由人類所組成。
而這些人類——
「就是最適合晴姊繁殖的容器。」
將「最強電腦」中的人類當作培養皿，晴姊使自己的細胞增殖、分裂，等到數量足夠後，就輸入到目標人類中，使其變成病能者。
「這真是……太瘋狂了……」
我看向眼前的實驗室。
這裡裝著這個世界上最初的最強電腦。
本來裝著人的透明培養槽，此時什麼都沒有，空空如也。
但是即使空無一物，透明培養槽中的液體依然發出幽靜的光芒，就像是還在運作的樣子。
——咕嚕。
我聽到了某種氣泡冒出水面的聲音。
——咕嚕。
被這樣的聲音吸引，我不自覺地向最強電腦的深處走去。
不知為何，胸口好難受。
就像是被某種未知的恐懼緊緊捏住，明明不知道那是什麼，但還是本能地讓我感受到可怕。

——咕嚕。

那個聲音越來越大、越來越響亮。

等我來到最強電腦的中央處時——

「————————！」

仰頭看著眼前的透明培養皿，我完全喪失了思考能力。

「這是……什麼？」

驚懼的我不斷後退，但是腳一點力氣都沒有的我就這樣「砰」的一聲坐倒在地。

「這究竟……是什麼啊？」

我的身體不可抑制地拚命打顫。

就像被人痛毆了一頓，我的眼前不斷閃爍著白光。

我仰望著培養槽中裝著的「季晴夏」。

不，嚴格來說，那不是季晴夏。

而是「季晴夏剩下的東西」。

「衣服……」

漂浮在培養槽液體中的，是季晴夏的白袍和衣服。

至於本應穿著衣服的季晴夏，就像融解一般消失了。

——咕嚕。

我終於明白那是什麼聲音了。

這是融化的聲音。

季晴夏最後一次存在於世，就是在家族之島時——也就是你背著她的那刻。

「原來是這樣……」

當看到這可怖的情景時，我終於明白晴姊做了什麼。

過度的驚懼，讓我甚至連顫抖都停止了。

我打從心底膽寒。

為眼前這情景所代表的意義心寒。

「我終於明白，為何只要有最強電腦，各國都可以製造病能者了。」

院長散布「病能者製造法」，是使用家族之島上的「最強電腦」。

從那個時刻開始，世界各地爭相將人類串聯起來，以最強電腦生產病能者。

病能者的數量也因此得到了爆發性的成長，甚至多到之後可以和普通人進行第三次世界大戰。

——**「家族之島的『最強電腦』，是有意義的。」**

「也是從那刻開始，晴姊就此消失在這世上……」

當製造法散布出去後，晴姊就消失了。

以手觸摸只有衣服的培養槽，我終於明白了晴姊當初做了什麼。

「那時，晴姊藉由家族之島的最強電腦，將『全部的自己』散布到了世界各地。」

就像電腦病毒。

藉由院長的舉動，名為晴姊的病毒感染到了世界各地。

只是，雖然自己寄生的範圍變得廣闊，但晴姊也付出了全部的身體為代價。

在幽暗的海底中，她一點一滴的消逝。

最終，肉體全失的她只剩下衣服。

「這就是……晴姊的病能者計畫。」

將自己化作將普通人變成病能者的病毒。

將最強電腦的人類當作培養皿繁殖病毒。

最後再藉由製造法的散布，達到擴散和傳染病毒的目的。

——你必須發現一切，然後失去你最為摯愛的人。

「晴姊……一直以來我都想理解妳……」

但是，等到真的明白她的想法後，我才驚覺——

「我一點……都不想知道這種事啊……」

用染著血的左手扶著透明培養槽，我不由自主地低下頭來。

——這次，是我最後一次以季晴夏的身分和你說話。

即使不願意，晴姊在家族之島的最後話語還是不斷從腦中響起。

——**我不能再當你和雨冬的姊姊了。**

——**你們會知道我設計了多麼殘忍的計畫。**

——**我只能用「傷害你們」的方式拯救你們。**

「原來……妳早就將真相告訴了我啊。」

只是我一直都沒有理解。

結局早已註定。

當最強電腦將製造法傳到世界各地時，結局就已無可更動。

——**永別了，小武。**

眼前浮現了晴姊逐漸向前走的背影。

別說追上她了。

我連她走到如此遙遠的地方都沒察覺。

不管怎麼延伸自己的手臂，都無法觸及她。

「啊……」

喉嚨發出了沙啞至極的聲音。

「啊啊……」

眼前發黑的我，就連季晴夏的幻影都看不到了。

一切都已經遲了。

前方什麼都沒有。

就算努力前行也拿不到任何東西。

唯一留在我面前的，只有塗抹在培養槽上的深紅血痕。

「抱歉……晴姊……」

我什麼都沒察覺。

我什麼都沒做，什麼都沒發現。

在深不見底的海中，妳孤獨地化作碎屑，消散在全世界。

「我竟然、竟然——」

竟然任由妳走到一個人都沒有的地方。

我感到身體內部空空如也，彷彿什麼都不存在。

成為王後，我第一次感到自己再也無法承擔任何事情。

如果我也進入培養槽中，我是不是就能更靠近晴姊一些？

看著手上那染血的蝴蝶，我不由自主地走向前去——

「武大人。」

但就在我覺得一切都已經結束時，從後方傳來了一股力量，拉住了我。

「不能過去那邊。」

我轉過頭去。

拉住我的是季雨冬。

她已恢復了原本的模樣，身上不再有黑霧纏繞。

我本應為此開心，但是看著那和季晴夏一模一樣的臉，我的語言系統就像是壞掉了，一句話都講不出來。

「抱歉，武大人，是奴婢失職了……」

季雨冬以輕柔的動作，將我擁入懷中。

「奴婢察覺了一切。」

她的淚珠落到了我的臉上，讓體溫盡失的我感受到了些許溫暖。

「所以奴婢做了武大人的敵人，即使很勉強，奴婢也想讓你們認為姊姊大人依然存在於世。」

無數晶瑩剔透的眼淚從她眼中落下。

「就算必須狠狠傷了武大人，奴婢也想要阻止你知曉這麼殘酷的真相，但是、但是——」

季雨冬抱著我的手不斷用力，就像是懊悔自己的所作所為。

「但是奴婢失敗了，武大人還是知道一切了！」

她的手緊緊抓著我的背部，用力地就像是要抓出傷口來。

從背後傳來的疼痛，讓麻木的我稍稍恢復了些許知覺。

「武大人，不管你有多麼絕望，你都不能忘記一件事！」

季雨冬的身體不斷顫抖，彷彿害怕我就此走到她再也找不到的地方。

「我一直都在——一直都在你身邊！」

以聲嘶力竭的聲音，季雨冬在我耳邊大喊：

「你要謹記，就算是再殘酷的真相，都還會有奴婢在你身邊和你一同面對！」

拚命無比的聲音，就像是想把她的話語深深刻在我的心中。

「武大人，就算你的前方什麼都沒有——」

「你的身邊永遠會有季雨冬！」

「……………………嗯。」

我輕輕地回應她。

閉上雙眼的我，眼中流出了久違的淚水。

就算已追不上晴姊，仍不代表我是孤獨一人。

晴姊，妳常說妳不懂人類的情感。

但是奇怪的是，即使殺了那麼多人——最後甚至連自己都抹殺掉了。

妳仍然沒有忘記在此時留下季雨冬給我。

妳無法理解，誰都無法理解。

但是——

妳對我的心意，我在此時深深明白了。

Chapter 4 真正的病能者計畫

在我們兩個激動的心情稍稍平復後，我要求季雨冬將分別之後的事說給我聽。

「嗯……該從哪裡說起呢？」

季雨冬一邊看著自己的左手一邊說道：

「奴婢就從姊姊大人的左手說起吧。」

「不過在那之前，雨冬……」

我仰望著季雨冬一副心情很好的臉龐。

「一定……要維持這樣的姿勢嗎？」

在季雨冬的要求，現在的我將頭枕在季雨冬的膝上，也就是俗稱的膝枕。

「當然啊，武大人在說什麼。」

「可是——」

「武大人為何要這麼排斥呢，莫非——」

季雨冬雙手合十，露出燦爛的笑容。

「在奴婢不在時，武大人躺葉柔的膝蓋躺習慣了？」

「我覺得這姿勢挺好的，就這樣吧。」

冷汗不自覺地噴了出來。

奇怪，剛剛一瞬間感受到的殺氣是什麼？

突然覺得聽到病能者計畫真相時的恐懼，好像都不算什麼了。

「不過葉柔真的是個很棒的女孩呢。」

季雨冬露出意味深長的笑容。

「在奴婢不在時，多虧了她好好照顧你，武大人才可以過得這麼好。」

「是啊，她真的是個很棒的輔佐呢。」

「……」

「不知道獨自留在四季的她現在怎樣呢——痛痛痛痛痛！」

季雨冬突然狠狠捏了我的耳朵一下！

「武大人太過分了！葉柔難道就這麼好嗎？」

「她是個好女孩不是妳說的嗎？」

「就算是奴婢說的，武大人也不能承認啊！」

「所以說到底是怎樣啦！」

看著不滿地嘟著嘴的季雨冬，我一頭霧水。

「奴婢可是好久沒見到武大人了，難道你就沒有什麼想對奴婢說的嗎？」

「我想說——妳的好久也說太多次……」

「…………」

季雨冬沉默一會兒後，搖頭說道：

「所以說葉柔就是不行啊，這些年來，她顯然什麼都沒教武大人——呵呵。」

「雖然這麼說，但妳怎麼看起來好像心情變好了……」

「奴婢一直都心情不錯啊。」

季雨冬一邊哼著歌，一邊用手梳理著我的髮絲。

真的是女人心，海底針。

總覺得季雨冬的心情變化還真是大。

「武大人別擔心，就在你離開四季後，奴婢馬上解除了對病能者的控制，所以你的葉柔輔佐平安無事喔。」

「葉柔才不是我的……」

「呵呵……」

季雨冬又很開心地笑了一下。

「說到底，為何妳能控制病能者呢？」

「這就要從和武大人分別以後開始說起了。」

「在我們分別後，發生了什麼事呢？」

那時我都已經絕望了。

覺得自己殺死了季雨冬。

「事實上，奴婢那時確實是死了。」

「咦？」

「是『他人的手』救了奴婢。」

季雨冬看著自己的左手說道：

「這隻左手就是姊姊大人留給奴婢的備份，只要當奴婢生命面臨危險時，它就會啟動。」

「為什麼這隻左手可以當作備份？把死去的妳救活？」

「就像武大人發覺的事實，病能者中，都存有姊姊大人的細胞——而這隻左手也是。」

季雨冬舉起左手說道：

「在奴婢死亡時，左手中儲存的細胞爆發性的增長，填補了奴婢失去的肉體，也成功的讓奴婢起死回生。」

「真不愧是晴姊……」

竟連這步都想到了。

不僅在我絕望時留了季雨冬給我。

就連季雨冬面臨生命危險時，都留了自己的左手給她。

「在奴婢復原後，奴婢本來想要馬上和武大人會合的，但是，奴婢意識到了不對勁。」

「妳隱隱約約意識到病能者計畫的真相了，是嗎？」

「是的。」

季雨冬點了點頭說道：

「奴婢死而復生後，除了『他人的手』還有原本姊姊大人所具有的『刪除左邊』外，還額外產生了兩個能力，一個是之前武大人所看到的『不可理解』。」

若隱若現的黑霧，在此時纏上了季雨冬的左手。

「另一個能力則是『病能號令』。」

看著那一片黑的左手，我想到了之前在四季時所看到的畫面。

「『病能號令』……控制病能者的能力嗎？」

「是的，本來死而復生這種事，就讓奴婢感到違和了，而死掉後取得這兩個能力，更讓奴婢感到詭異。」

季雨冬指著我左手背上的蝴蝶說道：

「這時，奴婢起了疑心，從這些現象逆向推測，蝴蝶記號和姊姊大人的左手中，其實應該隱藏著什麼不得了的祕密。」

從之前季雨冬和院長辯論時就能知道，她其實是個絕頂聰明的人。

只是因為長期在季晴夏身邊做比較，才讓她產生了自卑和劣等感。

也就是說，現在的季雨冬雖是普通人，但是她的左手給了她四個病能：「他人的手」、「刪除左邊」、「不可理解」和「病能號令」。

「不過雖然很在意此事，但一開始時，奴婢還是想回武大人的身邊的，畢竟沒有別的事比這個重要嘛。」

「…………」

那妳前面那長長的鋪陳到底算什麼。

「但就在奴婢動身回四季時，奴婢腦中響起了武大人曾說過的聲音。」

「該不會是……『世界之聲』？」

「是的。」

聽到季雨冬的話，我不禁閉眼沉思。

這個「世界之聲」，究竟是什麼？

本來我以為只有雲悠然和我這種第六感使用者才會聽到，但現在就連季雨冬都聽到了。

總覺得它隱隱掌控著世界，讓事件照著祂所說的發展。

「『世界之聲』吩咐奴婢前往一個地方，將姊姊大人的祕密挖掘出來。」

「哪個地方？」

「祕密之堡。」

季雨冬看著遠方說道：

「然後在那邊，奴婢挖掘到了姊姊大人一直隱藏的真正意圖。」

祕密之堡。

我曾和季雨冬一同前往的地方，也是季曇春被我殺死的所在。

後來，這景象傳到了世界各地，成為了引爆第三次世界大戰的導火線。

「武大人，雖然不該提起這個回憶。」

季雨冬露出有些歉疚的神情問道：

「但是，你有沒有想過，身為姊姊複製人的季曇春，在死後怎麼了呢？」

「咦？」

季雨冬的話讓我一愣。

季曇春死後……？

記得在那之後，祕密之堡陷入了大火之中。

「不是應該一切都燒毀了嗎？」

「不，那只是假象。」

季雨冬搖了搖頭說道：

「季曇春是姊姊大人用來儲存祕密的人，就算身而為人已經死了，她的定義也不會變。」

「妳的意思是……她身上依然有尚未被他人發現的祕密？」

「是的，應該這麼說吧，那時我們在祕密之堡發現的真相是『病能者是製造來給人類恐懼的』。」

兩個物種互相恐懼，這樣才能轉移腦中的恐懼炸彈。

「但那只是表相，在季曇春死後，她身上所儲存的祕密才真正顯現出來。」

「……用表面的祕密藏著真正祕密是嗎？」

曾聽人說過一個有趣的謎題。

這個世界上最堅固，最不會遭遇小偷襲擊的保險箱是什麼？

答案是「被偷過的保險箱」。

因為已經被偷過了，所以小偷自然不會想要再度光臨。

季晴夏瞄準的盲點也是如此。

既然祕密已經被挖掘過，那麼自然就不會有人想到，其實還有一個祕密藏在裡頭。

「當奴婢抵達祕密之堡後，奴婢驚訝地發現，即使經歷了那樣的大火和崩坍，季曇春的屍體仍然完好。」

「這真的是令人意想不到。」

要不是這次的異變，我甚至連重回祕密之堡的念頭都沒有。

「她躺在地上，胸口上插著武大人那時的刀子，要是除去這點不看，甚至會覺得表情平和的她只是睡著了。」

「可是經過這麼多年，為何季曇春的身體都沒有被動物或是其他人毀損呢？」

「那是因為她的身上罩著『不可理解』。」

季雨冬調整手上的黑霧，讓其包裹住我和自己。

「就像現在這樣，然後就在奴婢走進祕密之堡的瞬間，奴婢的左手現出光芒，將罩著季曇春身上的黑霧驅開，使其暴露了出來。」

「原來如此。」

「彷彿和季曇春的身體產生共鳴，奴婢緩緩走向躺著的她，將左手放在她的身上。」

「晴姊的左手，就是開啟祕密的鑰匙，是嗎？」

「沒錯，奴婢猜想，姊姊大人早就猜到復活後的奴婢會察覺不對勁而來到這邊吧，不管是打開季曇春身上的保護，還是開啟祕密，都是使用這隻左手。」

不管何事，都如季晴夏所料。

就算已經不存在於世，所有事情都還是照著她的想法運轉。

「當祕密開啟後，姊姊大人過往所做的一切流入奴婢腦中，不管是將自己化作病能者的材料，還是藉由家族之島上的最強電腦，將自己這個病毒傳染到全世界都是。」

「可是，晴姊就不怕妳知道真相後，採取什麼因應措施，阻止她繼續擴散和感染嗎？」

「武大人，應該怎麼阻止才好？」

「唔嗯……」

「根本阻止不了，甚至可以說為時已晚。」

就算撇開病能者不談。

現在很多民生用品都開始使用病能當作能源。

要將病能從人們生活中移除，已是一件不可能的事情。

也就是說——

「病能者的數量必定會增加，而姊姊大人的細胞碎片也必定會持續擴散。」

「……沒錯。」

「而且，心思縝密的姊姊大人，還設下了另一道保險，限制了奴婢的行動，完全抹殺了奴婢妨礙她計畫的微小可能性。」

「保險？」

「等到我聽完祕密後，時間消失了。」

「咦？」

「當奴婢回過神來，時間已過去『一年半』。」

「……難怪我一直找不到妳。」

因為季雨冬在祕密之堡，和季曇春一同被不可理解籠罩著。

「姊姊大人的計畫要成功，最重要的關鍵是『時間』。」

「只要時間過去，人類對病能的依賴自然就會加重，病能者的數量也會成長到無可挽回的地步。」

「當一切真相都解明後，也就能說明為何奴婢身上的左手，寄宿著『病能號令』的能力了。」

「因為所有病能者身體中，都有著晴姊的碎片，是嗎？」

「是的，就和『最強電腦』的概念類似，這些碎片集合起來，成了『晴姊電腦』，而奴婢的左手可以對這臺電腦下令。」

「但是，為何有些病能者不受影響呢？」

比方說在四季時，我和葉柔就沒被「病能號令」操弄。

「若是遠超出奴婢能力的病能者，即便是『病能號令』也無法控制的。」

「嗯嗯。」

「無法阻止姊姊大人的計畫，也無法改變任何事。」
季雨冬咬著下嘴唇，有些不甘心地說道：
「於是，擺在奴婢面前的路只剩下一條了——那就是努力不讓武大人發現真相。」
說到此處，季雨冬將我拉了起來，讓我坐在地上。
面對我，她以漂亮的姿態跪了下去。
「抱歉，武大人，雖然是為了偽裝姊姊大人依舊存在於世，但奴婢也不該傷了你的。」
「沒關係，要是立場互換，我想我也會做一樣的事。」
那是絕望無比的真相。
就算拚盡一切，也想讓珍惜的對象一無所知。
「所以，別這麼自責了，好嗎？」
我面前的季雨冬緊緊捏著拳。
我將我的手覆蓋上去，抑制住她手的顫抖。
「只不過是派幾個病能者襲擊『禮物』這種小事，我也沒那麼容易被打敗。」
「咦？」
聽到我這麼說，季雨冬露出訝異的神情。
「奴婢沒有這麼做啊。」
「…………」
「解除對四季的控制後，奴婢就來到家族之島，想要阻止武大人知曉真相，但是不知為何，武大人並不是從正規的入口，而是從深海處來到了這邊，所以才和奴婢錯過了。」

總覺得……有點不太對勁。

「等一下，所以現在控制半個世界病能者的人——」

「嗯？有病能者被控制了嗎？」

看著一頭霧水的季雨冬，我的心中再度起了不妙的預感。

我本來認為是季雨冬用「病能號令」控制了一半世界的人。

但現在看來很顯然不是。

若不是季雨冬這麼做。

那麼——

還有誰能做到此事呢？

「哼哼哼………」

背後傳來了一陣略帶狂氣的笑聲。

「哼哼哼哈哈哈哈哈哈哈——————！」

我和季雨冬轉頭一看。

只見雲悠然站在我們身後，一邊笑一邊露出意味深長的笑容。

「該不會，就是妳——」

「是的，就是我，你終於發現了。」
雲悠然點了點頭。
「戴上帽子！」
她戴上了連身外套後方的帽兜。
「伸出手手！」
挽了挽長長的袖子，雲悠然將一直藏在袖子中的手露了出來。
「變身完成，雲悠然（最後大魔王）——颯爽登場。」
雲悠然不知為何單手蓋住左眼，下巴微微抬起。
「所以，這一切都是妳搞的鬼？」
「沒錯。」
「是妳操控了病能者？」
「對——————吧？」
「是妳命令他們越過分界線，進攻普通人的國度？」
「對——————吧？」
雲悠然那個刻意拉長的語尾，讓我起了疑心。
「妳怎麼操控病能者的？」
「就是那樣、這樣——」
面對我的問題，有些慌亂的雲悠然雙手互握，扭了一下。
「總之噗啾一下，就可以了。」

「噗啾一下？」

「對對！就是噗啾，只要你肯噗啾，病能者就會噗啾一聲後，對你唯命是從。」

「那如果不噗啾，而是用噗咻呢？」

聽到我這麼問，我身旁的季雨冬用擔心的眼神望著我。

等一下，不要這樣看著我好嗎？

妳以為我願意這樣跟雲悠然說話嗎？

「噗咻嘛……若是熟練的人或許可以……」

雲悠然抱著雙臂，一副煞有其事模樣地說道：

「但除非像是我這麼厲害的人，建議還是用噗磯比較好。」

「噗磯？不是噗啾？」

「呃……」

「所以說，到底是噗啾噗啾還是噗磯，給我說清楚啊！」

雨冬，妳也別在這時一臉震驚地把手放在我的額頭上，我沒有發燒！

「雲悠然！」

就像是偵探揭發最後的犯人，我手指向雲悠然大聲道：

「妳根本就是順著氣氛，一時興起假裝自己是最後魔王吧！」

「…………………」

面對我的指控，雲悠然低著頭，不再說話。

接著，她默默地趴到了地上。

「變身完成，雲悠然（溺水）——潮滢登場。」

「…………」

「我溺水了喔～～～～」

「……………………」

「我溺水了～～～所以我神智不清，做出奇怪舉動也是沒辦法的事～～～～」

看著躺在地上，假裝昏迷的雲悠然，我雙手掩面，有點懊悔自己剛剛拚了命把她從海中救出來。

我寶貴的體力啊……為何要用在這人身上？

但就在此時——

——**噗哈！**

就像是忍俊不禁，一陣笑聲憑空響起。

「咦……？」

我四處張望，卻沒看到其他人。

「雨冬，剛剛是妳嗎？」

「不是。」

「……是我的錯覺嗎？」

「應該不是，奴婢也聽到了那聲奇異的笑聲。」

這間實驗室只有三個人。

那不是雨冬的笑聲，也不是躺在地上一直說著「我溺水我溺水我真的溺水了〜〜」的雲悠然。

當然，更不是我。

既然都不是我們的笑聲，那麼，剛剛的笑聲是從哪裡來，又是出自誰的口？

「真沒想到竟然被發現了。」

又是一道聲音憑空響起。

一道黑色的風颳了起來。

黑色氣流在我和季雨冬面前，聚成了一個模糊的人影。

「雨冬，這個是……？」

「武大人，雖然跟奴婢身上『不可理解』的黑霧很像，但那是完全不同的東西。」

這一眼就能明白了。

不可理解的黑霧，因為超出人類理解的範疇，所以會因為未知而恐懼。

但現在聚在我們面前的事物並不是如此。

——我打從心底體會到何為恐懼。

就像是「恐懼」這個名詞聚成了實際看得到的形狀。

光是站在黑霧面前，我的雙腿就不斷打顫，一股寒意也竄上了我的背，讓我彷彿置身於冰庫中。

「本來還想再看一下狀況的，真沒想到，我會因為實在太過好笑而忍俊不禁。」

「哼哼……」

趴在地上的雲悠然露出得意的笑容。

「正如我所料。」

不，別說謊了，妳才沒有想那麼多呢。

「哎呀，我中了妳的計策嗎？最強人類。」

「別說中了我的計了。」

雲悠然牽起一邊嘴角笑道：

「你的一切行動，根本就完全照著我的劇本在走。」

這個什麼事都沒做的傢伙，到底在了不起什麼啊？

「呵呵，人類果然有意思。」

眼前的人影越來越清楚、越來越清晰。

「在人類毀滅之前，要是這種出乎我意料的事多些，我也不會排斥喔。」

壓在身上的恐懼越來越大。

胃在翻滾，呼吸開始不順。

不只雙腳，我發覺自己全身都開始在顫抖。

——啪唰！

在此同時，無數病能者從海中跳了出來，包圍住了我們！

「…………」

我戒備地看著周遭，包圍我們的人數約莫是數百人，而且所有人的左手都纏繞著

「他人的手」這個病能。

「『病能號令』！」

季雨冬伸起左手，想要控制住面前的病能者，但不管她多努力，那些病能者都無動於衷。

「沒用的。」

神祕人影笑道：

「我也有『病能號令』的病能，同樣是操控型的病能，他們只會服從更高的命令。」

「所以說，襲擊『禮物』和控制一半世界的人就是——」

「是的，就是我。」

「你到底是誰……？」

我一邊對話一邊悄悄發動病能，結果發覺只剩下兩感共鳴的體力了。

情況惡劣至極。

就在我以為這已是最差的狀況時——

——轟！

震耳欲聾的聲音響起。

就連深海處的實驗室都能感受到這股晃動！

「『恐懼結界』……要撐不住了？」

本來由研究院的大家擋住的病能者，開始移動腳步，越過了分界線。

「明明一個小時應該還未到的啊……」

「那麼，也到了最後關頭了。」

在嘴巴的部分，我面前的人影裂開了一條縫，就像是在微笑。

「就由我來揭發病能者計畫的最後真相吧。」

「咦？」

出乎我意料之外的話，讓我為之一愣。

這個人……知道晴姊的計畫？

「只不過是知道製造病能者的材料就是季晴夏，你們就自以為看透了病能者計畫的全貌嗎？別太小看季晴夏了啊。」

那個人影的聲音雖然十分悅耳，但是他的每句話都誘發了心中的不安，就像是強自把你藏在身體深處的負面情感給拽出來。

「為了讓人類腦中的恐懼炸彈不要爆炸，於是季晴夏創造了病能者這個物種，讓恐懼的對象可以轉移。」

「事到如今又何必說這種早就已經知道的事？」

我緊握拳頭，強自壓下身體的顫抖，試圖與面前的不明存在對話。

「人類和病能者互相恐懼，於是人類才得以存活至今啊。」

「為何季晴夏不自己站出來，當個讓人恐懼的魔王——當個恐懼的記號就好？」

「因為需要的是『一個物種』而不是『一個人』，就算晴姊再可怕，單靠恐懼她一事，也無法轉移恐懼，讓人類腦中的恐懼炸彈不要爆炸。」

「那麼，若是『一個人』和『一個物種』可以畫上等號的話，那會如何呢？」

「這不可能，一個人就是一個人，而一個物種則是一個群體，『一個人』和『一個物種』，是不可能畫上等號的——」

講到此處，我突然就像是啞掉一般停了下來。

「真的不可能嗎？」

「該不會……」

「再仔細想想，真的不可能嗎？」

——製造病能者的必要材料，是季晴夏的身體碎片。

——病能者的身體中，都存在著季晴夏的身體碎片。

沒有人例外，也沒有人可以例外。

也就是說——

——季晴夏就等於病能者。

「沒錯！你明白了，這就是真正的病能者計畫。」

眼前的人影哈哈大笑。

「將『一個人』化作『一個物種』——這就是病能者計畫的全貌！」

這才是季晴夏的真正目的。

所有的事前準備都是鋪陳。

在病能者研究院，她創造了病能者。

在家族之島，她讓病能者的數量增加，直至成為一個物種。
在祕密之堡，她告訴了全世界，人類和病能者必須彼此恐懼。
在和之島，她靜靜等待時光流逝，直到全體人類都依靠病能生活。
花了無數年的時間埋下伏筆。
她終於將自己這個人變成一個群體。

——小武，若是我之後成為魔王，你願意成為打倒我的勇者嗎？

打從一開始，季晴夏就沒有想要依靠他人的意思。

——當我生時，一人哭，眾人笑；當我死時，一人笑，眾人笑。

病能者計畫，是季晴夏想靠著自己一人救世的計畫。
「我終於知道……你是誰了。」
我向著面前的人影這麼說，而他也在此時露出了真面目。
「季武，季雨冬，該說好久不見還是初次見面呢？」
——有著左手，雙眼漆黑的「季晴夏」，站在我們的面前。
「若是季晴夏就等於一個物種，那就表示她可以成為人類恐懼的記號。」
雙眼充滿深不見底的混沌黑暗，她以酷似季晴夏的動作揮動白袍說道：

「我由季晴夏製造，並由季晴夏擴散；我既是個人也是群體，我是足以毀滅人類的恐懼象徵——」

用右手扠著腰，她露出充滿自信的笑容說道：

「請稱呼我為『恐懼炸彈』吧。」

「剛剛和你們的對談，我以『萬物扭曲』的病能投射到全世界了。」

恐懼炸彈笑道：

「現在所有人都知道，病能者就等於季晴夏，反之亦然。」

「……妳就這麼想讓世界陷入混亂嗎？」

「這是目的之一，但最主要的目的還是我想以這樣的姿態存在於世。」

恐懼炸彈拉動身上的白袍，一副心情很好的樣子轉了個圈。

「當所有人都明白，病能者身體中寄宿著季晴夏，那麼，身為恐懼象徵的我才能以季晴夏的模樣站在這邊。」

「原來，『幻肢殭屍』的意義在這邊啊……」

——**和之島上的「幻肢殭屍」，是有意義的。**

吸收人類的心痛，讓死去的人得以重存於世。

「晴姊想要知道，人類的綜合意識，能不能創造出一個實際存在的事物。」

我面前的恐懼炸彈並非真正的季晴夏，但是她極度近似季晴夏。

她吸收了全人類對季晴夏的認知，幻化出了實體。

「麻煩了……」

我真沒想到。

我們最後必須面對的人，是等同於季晴夏的物種。

「你的認知是對的。」

恐懼炸彈的眼睛變成了四，藉由四感共鳴，她窺伺了我的心聲後說道：

「我是季晴夏，也是病能者這個物種，但同時也代表著人類腦中的恐懼。」

恐懼炸彈看著我和季雨冬笑道：

「真要說的話，我也是你們的姊姊喔。」

「妳才不是──」

「那麼，怎樣才算是你們的姊姊呢？」

恐懼炸彈露出漆黑的笑容說道：

「明明就誰都不瞭解她。」

「…………」

只不過一句話，就讓我啞口無言。

──轟！

此時，又是一陣劇烈的晃動！

「真是的，沒想到只不過是區區一個研究院的最強電腦，竟然可以拖延這麼多人如此之久。」

我感到抵抗一半世界的拘束力徹底消失。

——啪！

一直以來區隔病能者和普通人之間的恐懼結界應聲碎裂！

十億名病能者躍過分界線，就像黑色的潮水般，開始朝著普通人的國度進軍。

「快住手啊！」

「我是不會住手的。」

恐懼炸彈一邊笑，一邊將身形隱沒。

我擴大感知的範圍，才發現只不過在剛剛一轉眼間，恐懼炸彈就跑到了病能者之海的上方。

「病能者們！現在是時候了！」

坐在病能者疊起來的人類之塔，恐懼炸彈居高臨下的大喊！

「讓我們進犯人類的國度，讓我們教導他們恐懼為何物！」

——咚！

所有病能者同時跺腳！

一半的世界開始搖晃！

光是這樣的動作就引起了小規模的地震和海嘯！

「我是季晴夏——也是恐懼的記號！」

露出彷彿季晴夏的笑容，她用力一揮手道：

「藉由屠殺那些人類，將這個事實深深刻在他們心中吧！」

隨著恐懼炸彈的一聲號令，屠殺開始了！

一個位於分界線的小國首先遭到了劫難！

就像蝗蟲過境，只要是病能者所經之處，就陷入了一片大火之中。

「住手……」

無數的人頭在天空飛舞，慘叫聲此起彼落。

——啊啊啊啊啊啊啊啊！

那個劇烈的慘叫聲，就連海底的我們都聽得到。

「快住手啊————————！」

我的呼喊沒有任何人聽到。

單方面的凌虐不斷進行。

人類的肢體在天空亂竄，鮮血就像雨一般下著。

被病能者之海淹埋，一瞬間就有幾萬人的性命消失了。

這已經不是戰爭了。

這是天災。

名為病能者之海的災害。

「武大人！」

季雨冬牽起我的手：

「現在不是在這邊的時候了，我們必須快去阻止他們！」

「我知道，可是——」

我看著包圍我們的數百位病能者。

從剛剛開始，他們就毫不放鬆地盯著我們。

從他們身上的氣息，可以感受出他們每個都是不亞於葉柔的高手。

而我們這邊的戰力，只有只剩二感共鳴的我，還有季雨冬和靠不住的雲悠然。

「雲悠然！」

我朝著躺在地板上的她說道：

「現在真的只能靠你了！」

「不，我什麼都不會做喔。」

雲悠然揉了揉眼，打了個呵欠說道：

「『世界之聲』叫我什麼都不要做。」

「妳這傢伙，什麼時候了還說這種話！」

激動的我衝上前去想要揪住她的領子，但這舉動刺激到了敵人！

無數纏著黑霧的左手刺到了我面前——

「『不可理解』！」

季雨冬跳了過來，用黑霧包圍住了我。

數十隻左手擦過我的身體，劃破了我的衣服和肌膚！

「武大人，躲在奴婢的黑霧裡，我們就這樣逃出去。」

我和季雨冬小心地穿越在人群中。

「不可理解」消除了我們兩人的氣息，就算偶爾碰到敵人，他們也無法認知到。

我們離出口越來越近、越來越近。
但就在此時，所有敵人同時正坐下來——
「靜之勢！」
所有人同時用左手使出了家族的招式！
就算無法認知到我們，也不代表無法對我們進行攻擊。
無數半圓形從他們身上為圓心擴散，壟斷了所有空間。
「他人的手！」
季雨冬趕緊用左手將襲來的左手擋下。
但是一這樣分心，「不可理解」的病能登時解除。
「萬物扭曲！」
趁這個時候，敵人用病能拉開我和季雨冬之間的距離！
明明就在身邊的季雨冬越來越遠、越來越遠——
我伸出手去，想要將季雨冬拉回來！
「靜之勢！」
數十位病能者跳了進來，張開防護網隔開了我和季雨冬。
「別太過分了！」
我深吸一口氣——
「三感共——」
就在這瞬間，眼前紅光閃爍！

喉嚨一甜的我，嘔出了一大口血！

「武大人！」

看到這個情景的季雨冬，驚聲叫了出來。

「哈哈……第一次被逼到這地步。」

我雙手垂下。

左手臂上的蝴蝶記號暗了下來。

先是在四季上，胸口被季雨冬捅穿了一個洞。

接著在病能者研究院，阻止了十億名病能者的腳步。

最後壓垮我的，是「禮物」上的戰鬥和病能者計畫的真相。

「到此為止了嗎……」

本來瞳孔上顯現的二也緩緩解除。

現在的我已沒有任何病能，只是個普通人。

「別阻止我，你們這些傢伙──！」

一群病能者被憑空出現的黑幕吞沒！

「刪除左邊！」

季雨冬用左手刪除了一些人，想要往我這邊趕來。

但是，已經來不及了。

「靜之勢！」

圍繞我身邊的十位病能者，以密不通風的刀勢罩住了我！

氣力耗盡的我，就連一根手指都動不了了。

我緩緩閉上了雙眼。

——噗！

隨著頭被砍掉的悶響，溫熱的血液淋了我一身。

「…………」

……咦？

預想中的疼痛遲遲沒到來。

感到疑惑的我睜開眼——

「主人。」

一條熟稔的圍巾在眼前飛舞。

「身為你的刀、你的劍——」

一個凜然的身影站在我的身前。

「讓葉藏來為你斬開一條前行的道路吧。」

葉藏的樣子和以往都不同。

這些年來，我請她在世界各地巡邏。

一旦發現世界的情勢有不穩的趨勢，就迅速撲滅。

經過這些日子的歷練，她的樣子明顯成熟許多。

「隊長！」

這時，一個穿著打扮和葉藏十分相似的女孩子跑到葉藏面前，立正敬禮。

「請下令！」

在此同時，數十名女子同時立正敬禮，排成了方陣。

「請隊長下令！」

「全員，採取A陣形。」

葉藏將手按在腰間的刀子。

「就讓那些人明白，真正的家族之刀為何！」

聽從葉藏的命令，所有刀客將手按在刀上，排成了一直線。

「全員聽令——」

眼前一陣白光閃爍。

「靜之勢・疊！」

先是第一個人拔出了刀，朝左橫砍一刀。

接著是在零點一秒後，第二個人拔刀，以同樣的動作，在同樣的軌跡處橫劈一刀。

第三個、第四個、第五個——第十個。

以幾乎同時的速度，所有人準確無誤地以相同的刀軌揮刀。

寒氣大盛，就像是進入雪地之中。

數十道刀痕相疊，變成了一輪雪白的新月。

——喀！

所有在家族左側的敵人，就這樣無聲無息地被新月切成了兩半。

「主人，快離開這邊吧。」

指著剛剛清出的一條路，葉藏說道：

「現在不是在這邊和這些人糾纏的時候。」

「可是——」

雖然瞬間清除了幾十人，但是敵人還有數百人。

剛剛清除出來的空隙，轉眼間就快要被新的人補上、淹沒。

「放心吧。」

葉藏輕輕一笑。

「我還沒揮刀呢。」

不知為何，時間突然慢了下來。

眼前的一切盡皆變成慢動作。

一層淡淡的白光罩住了我們，恍若無數的螢火蟲。

看著眼前如夢似幻的場景，所有人就像是看呆一般地停止了動作。

葉藏緩緩地坐了下來，以優雅的動作按住腰間的刀柄。

「靜之勢·改。」

等到她喊出口的那刻，我們才明白，包圍住我們的白光，其實是她的領域。

打從一開始，不管是敵人還是同伴，就處在她的刀圍中。

「走吧，主人。」

葉藏緩緩站起身，向我伸出了手。

在下一瞬間——

彷彿向葉藏獻上敬意，所有在她身後的敵人就像是落葉一般同時倒了下來。

「真是的……」

看著眼前的情景，我的腦中閃過了一開始和葉藏相遇時的畫面。

那時的她，已跟現在的她是完全不同的人。

「妳已經可以不用叫我主人了吧？」

畢竟，妳的實力已經不亞於我。

「不管我變成怎樣，我們的關係永遠不變。」

葉藏一臉正經地說道：

「就算我的刀法再也無人能敵，就算我的心已堅強到不受任何事情動搖——那也全是因為你讓我知道，我其實是個軟弱的人。」

握住我的手，她將我拉起身。

「但是，你跟我說了，即使軟弱也沒關係。」

葉藏手擺在胸前，對著我單膝跪下。

「所以，對軟弱的我來說——」

「你永遠是我的主人。」

看著低下頭的葉藏，我想起了曾跟她說過的話。

——請妳謹記此時的軟弱，然後用這份軟弱去拯救他人吧。

「真是沒想到啊。」

我緩緩閉上眼。

自以為了不起地跟她說了這番話。

但是到頭來，被她這份軟弱拯救的人——

毫無疑問的就是我。

「報！又有一個國家毀滅了。」

「報！目前死傷人數攀升至上百萬人。」

「報！裏科塔的影像出現在所有人面前，發布所有人都必須後退的緊集命令！」

「報！大遷徙開始了，所有普通人向西邊撤退，盡可能地遠離病能者之海。」

「報！病能者之海的前行速度遠比難民快，預估再十分鐘就要接觸到難民！」

葉藏他們是搭著一架大型飛機過來的，我躺在上頭，不斷聽著報告。

世界局勢變得糟糕至極。

無數的人死去，只要是病能者之海經過的地方就會變成一片死亡之地。

要不是裏科塔迅速且確實的處置，死傷的人數應該會更多吧。

「接著……應該怎麼做才好呢？」

就算逃也是有其極限的。

必須想個辦法阻止十億名病能者。

「但是，這真的是可能的事嗎？」

這個敵人的數量，實在過於龐大。

我的體力已幾近見底，夥伴也分散在各處。

「不行……」

這次的危機和之前的規模都不同。

不管我怎麼努力思考，我都想不出解答來。

心亂如麻的我，坐起身來打量四周，想要藉此轉換一下心情。

我搭乘的飛機上頭，裝著許多食物和民生物資。

據葉藏他們說，這架飛機的名字叫作「武」。

這幾年來，葉藏走遍天下，收了不少有天分的戰爭孤兒，並把這些女孩子當作弟子，悉心將家族的武術授予她們。

這些女孩子的年紀介於十二歲到二十歲之間，總數一百人，儼然變成了家族二代。

搭著「武」，這些人到處行俠仗義，穩定世界情勢。

真是沒想到。

當初率領家族的是院長和葉柔。

但最後真的將家族的「懲奸除惡」精神傳承下去的人，其實是葉藏。

「人與人的緣分，真是神奇呢。」

坐在葉藏為我準備的床上，我不禁感嘆。

「主人。」

「嗚哇啊——！」

已是普通人的我，被突然出現的葉藏嚇了一跳。

不，就算我現在處在平常的狀態，說不定也無法察覺隱藏氣息的葉藏。

「有、有什麼事嗎？」

只見跪坐在地上的葉藏一臉嚴肅，一副如臨大敵的模樣。

「主、主人。」

她雙手緊緊捏著拳，身上散發出驚人的氣勢。

是因為最終決戰即將到來，所以才有這麼緊張的氛圍嗎？

仔細一看，葉藏身後的弟子們不知為何躲在暗處，手上還舉著「加油」、「fight」之類的牌子。

「好、好久不見了。」

「是啊，好久不見了。」

「今天天氣真好啊。」

「嗯，是啊。」

雖然說著不著邊際的話，但是葉藏身上的殺氣卻越來越重。

「那個，主人啊——」

——喀！

「葉藏！妳沒事吧！妳手下的地板都壓碎了啊！」

「沒關係，別在意。」

——啪！

「這怎麼能不在意，從妳身上散發的氣勢，讓旁邊的花瓶都碎了啊！」

「這是常有的事，別在意。」

——咚！

葉藏身上的殺氣過於驚人，讓躲在葉藏身後偷看的弟子口吐白沫倒了下去。

「等一下，葉藏！」

冷汗直流的我趕緊道：

「是不是我做了什麼讓妳生氣的事？」

「……嗯？」

「主人沒做什麼啊。」

聽到我這麼問，葉藏露出疑惑的表情。

「那為什麼妳看起來這麼生氣的樣子？」

「我沒生氣啊。」

「那妳是——？」

「…………………………………」

經過一段長時間的沉默後，葉藏低下頭，雙手食指互碰。

「我只是……有點緊張。」

「嗯？」

「太久沒看到主人了……讓我非常緊張。」

「………………」

櫻花般的顏色染上了葉藏雪白的脖頸和臉龐。

微微低著頭的葉藏，露出了我從沒看過的害羞神情。

她現在的模樣，和剛剛戰鬥時的帥氣有著巨大反差。

不自覺地，我的心跳得比平常快了些。

「主人，我剛剛雖說，你永遠是我的主人。」

葉藏食指不斷互點。

「但是，若是能的話，我也希望你不只是我的主人而已……」

「這、這是什麼意思？」

我不自覺地吞了一口口水。

葉藏張開小口，但什麼話都沒說出來。

臉紅得就像燒起來一樣的她，將手按在了刀上，就像是想從熟諳的刀具上獲得些許勇氣。

「其實，我本來有偷偷期待，當事到臨頭時，會有什麼特別的事發生。」

葉藏緊緊捏著刀柄：

「不過，什麼事都沒發生。」

不只手在顫抖，葉藏的全身都在不斷細微顫抖。

「我也曾想過要做些努力，穿上可愛的衣服或是打扮得更像是女孩子，不過最後我還是放棄了——因為我想用原本的姿態面對主人。」

以溼潤的眼神微微抬起頭，葉藏說道：

「雖然是這樣的葉藏，但是、但是——」

「我還是喜歡你，主人。」

「自從你拯救科塔後，我的心就在你身上了。」

「……………」

「而且，我也不覺得之後我會喜歡上別的人。」

葉藏的告白，就像她的刀一般迅速、銳利。

——讓沒有反應過來的我徹底中招。

「能說出來真是太好了。」

葉藏長長的吐了一口氣，就像是完成一件了不起的事。

「看來經過這麼多年，我也有所長進呢。」

這已經不只是成長了。

不知不覺間，妳已耀眼得讓我完全認不出來了。

「主人好好休息吧。」

葉藏站起身來，轉身離開。

「就快到最終決戰的現場了。」

「那個……」

看著她離去的背影，我忍不住叫住她。

「什麼事，主人？」

「妳……」

我深吸一口氣，想要平復至今為止都還紊亂不已的心跳。

「妳不聽我的回答嗎？」

「今天我只是想表達我的心情而已。」

葉藏回過頭來露出淺笑。

「真要說想聽的話當然是想聽，但是等主人想回答我時再說吧。」

「這樣……真的可以嗎？」

「當然可以。」

葉藏露出大大的笑容。

「不管你的回答是什麼，不管你是不是已經喜歡了別人——」

「——我都會永遠喜歡你喔。」

「真是太好了呢，武大人。」

等到葉藏離去後，季雨冬從門口走了出來。

「奴婢不是故意要偷聽的，但是就在要探望武大人時不小心遇到了，已來不及離開。」

「嗯。」

我反射性地雙手交叉，護住頭部。

「……你在做什麼？武大人。」

「沒有……我本來以為妳會生氣或是——」

「奴婢才不會呢。」

季雨冬鼓起嘴巴說道：

「阻止戀愛少女這種事，就算是奴婢也不會做的。」

「嗯……」

「而且，奴婢很佩服她，可以這麼坦率地把自己的心情說出來。」

季雨冬將背靠在牆上說道：

「就算是奴婢，也花了好多年的時間，才向武大人述說心意呢。」

——我愛你，武大人。

我憶起了在殺死季雨冬時，她向我的表白。

「現在一想，我也還沒回答妳呢，雨冬。」

在那之後發生太多事，讓我連思考此事的餘裕都沒有了。

「武大人想要回答奴婢嗎？」

「我——」

「不過，現在的奴婢倒是不希望聽到答案就是了。」

「…………」

「在葉藏眼中，想必武大人就是武大人吧？那是純粹無比的眼光，而她對你的心意也像是雪花一般潔淨無瑕。」

季雨冬看著自己的左手說道：

「但是，奴婢和武大人之間就不是如此了。」

「……總覺得我能明白妳在說什麼。」

「那時要不是知道自己即將死亡，奴婢也不會向武大人表白。因為就算再想和武大人在一起——」

「奴婢和武大人之間，一直都隔著一個姊姊大人。」

我和季雨冬的人生，因季晴夏而起，也因她而有了連結。

「要奴婢就這樣拋下姊姊大人的事不管，就這樣自己得到幸福，奴婢實在辦不到。」

「我明白了。」

在談論季雨冬的幸福前，我必須先背負起季晴夏的事。

要是不徹底解決掉晴姊的事，季雨冬想必無法放心追尋幸福。

「奴婢這樣的女人很沉重吧？」

季雨冬嘆了一口氣說道：

「武大人和葉藏或是葉柔兩姊妹在一起，其實說不定比較容易得到幸福喔。」

「我也這麼覺得。」

「……………嗚。」

聽到我這麼說，季雨冬一瞬間露出想哭的表情。

「不過，妳別想太多了。」

我輕輕拍著季雨冬的頭說道：

「晴姊也是我的姊姊啊，我的心情和妳一樣。」

面對葉藏的告白，要是不以純粹的季武面對她，那就太失禮了。

就算真的要和她在一起，也要等到一切解決後再說了。

「到了。」

我望著窗外，我們離病能者之海越來越近。

大量的黑色蝴蝶在天空飛舞，就像是黑色的霧霾。

事到如今，我還是無法理解季晴夏在思考什麼。

這樣的大屠殺，真的是季晴夏想要的和平嗎？

「不過從剛剛開始，就沒有聽到慘叫聲了。」

「是啊，安靜得有點異常。」

就好像有人阻止了那些病能者的腳步一樣。

但是，這怎麼可能。

靠著王冠和近一千人組成的最強電腦，我才勉強止住他們的腳步。

我不覺得有其他方式可以阻止那麼龐大數量的病能者。

「武大人，你看外面！」

順著季雨冬的手指，我看到了一個出乎我意料之外的情景。

時間倒回到十分鐘前。

「南姊，我們真的要這麼做嗎？」

我——季秋人看著遠方那人間煉獄，有些猶疑地問道。

「那是當然的啊，秋人。」

坐在輪椅上的南姊回過頭來，對我露出「你在說什麼的」驚訝表情。

「要是我們不去阻止那些病能者，難道要眼睜睜地看著普通人被屠殺嗎？」

「那邊可是有十億人耶。」

「可是，我想救他們。」

南姊摸著自己右掌上已經幾乎看不到的蝴蝶印記。

「我的人生中，其實身為普通人的時間遠比病能者多，看著他們這樣單方面地被屠殺，我實在於心不忍。」

病能者之海殘酷地將虐殺的畫面傳播到全世界，若是你處在看不到的地區，還會有一隻漆黑的蝴蝶飛到你面前，強迫你觀看。

「不是同情不同情的問題，南姊。」

我看著臉色有些蒼白的南。

「妳都已經這副模樣了，妳為什麼還——」

說到一半我就說不下去了。

南的左腳從大腿處齊根而斷，右腳也已失去行走的功能。

除了雙腿外，身體上也有多處傷痕。

之前反覆在病能者和普通人之間的身分來回，讓南只剩幾個月的性命。

「就算世界毀滅也沒關係。」

我看著南，對她說道：

「全體人類的命運，跟我們一點關係都沒有，我和南姊就找個地方，靜靜地度過剩下的時間，這樣難道不好嗎？」

「當然不好啊。」

南豎起手指，擺出一副姊姊的面孔。

「身為姊姊，我不想看到自己的弟弟變成一個冷血的人——」

「南姊，妳明明知道我不是在說這個的。」

我毫不猶豫地打斷她的話。

「我已經知道了，妳想隱瞞什麼時，就會擺出一副姊姊的樣子。」

「…………………」

南姊先是愣了一會兒後，露出微笑說道：

「秋人真的是成長為一個好男人了，竟然可以看穿女人的謊言。」

「別想岔開話題，南姊。」

「太逼迫女人的人會不受歡迎喔，秋人。」

「我沒想過要受歡迎。」

我繞到南的面前，蹲下身子，讓自己的雙眼和她平行。

「南姊，我已說過很多次了，僅為妳而活的人生，是季秋人最幸福的人生。」

「…………………」

又是一陣長長的沉默。

可能知道拗不過我吧，南像是放棄似地輕嘆一口氣。

「秋人。」

南看著傷痕纍纍的自己。

「雖然你一直瞞著我，但是我知道，我的時日已無多。」

「…………」

「雖然我的性命只剩下幾個月，但我仍不希望世界毀滅。」

她以溫柔的動作，輕撫著我的頭。

「因為若是世界毀滅了——」

「我最愛的秋人又要在哪裡生活呢？」

「…………」

直到這個時刻了，南還是在考慮這種事。

「妳總是在擔心他人，一直都在為他人受傷——」

我的雙拳不禁緊握起來。

「那麼南姊的幸福呢！妳為何不為自己多想一些！」

「因為沒有這個必要。」

「怎麼會沒有這個必要！」

激動的我，聲音忍不住大了起來。

「南姊的幸福，比起拯救世界之類的事重要多了——」

「所以說啊，我根本不需要思考自己的幸福啊。」

南姊伸出食指，輕點了一下我的額頭。

「秋人你不是一直在為我想嗎？」

「——！」

「有你在，我根本就沒有為自己著想的空間吧。」

一陣風吹來，揚起南的長髮。

本來是短髮的她，在這些年中變成了中長髮。

因為有我的細心照料，她的頭髮非常亮麗和滑順。

我要的沒有很多。

我想要的僅此而已。

我想在南姊身上，留下更多像是這樣的美麗事物。

「南姊。」

我為妳而活。

我的幸福，因妳而存。

所以在妳死後，我也會——

「我——」

但就在我要將話說出口的瞬間，南姊的手指堵住了我的嘴。

「秋人，在我死後，你也要好好生活喔。」

就像是看穿了我在想什麼，她搶先一步說出了這樣的話。

「我們只是『姊弟』。」

南將我擁入懷，在我耳邊輕聲說道：

「這個世間，從沒有姊姊死掉後，弟弟跟隨而去的道理。」

「可是我——」

「別說了。」

我感到肩頭變得溼潤。

「別再說了，秋人。」

南的身體不斷顫抖，就像是在哭泣。

感受著肩頭不斷擴大的溫暖，我輕撫著南的頭髮，不再言語。

我推著南的輪椅，來到了病能者之海的面前。

「靠近一看，這場景還真是驚人啊。」

病能者之海已經滅掉三個國家了。

只不過短短幾分鐘，人類的數量就少掉了幾千萬。

十億人的大軍，光是行進就能造成如天災一般的現象。

地面隨著他們的前進而震動，揚起的塵土就像是沙塵暴。

「我終於能明白，人類面對大自然時的心情了……」

因為過於浩瀚，所以光是目擊就會心生敬畏。

看著不斷朝我進逼的黑色大海，我感到身體內的器官就像是被提起來似的，極為不踏實。

而我和南姊兩個人，就站在這樣的災害面前。

「南姊，我看還是把妳放到安全些的地方吧？」

「沒關係，就在這邊吧。」

南的表情上，完全沒有任何不安。

「我想要在特等席，親眼見證弟弟的活躍。」

「……妳就沒想過我會失敗嗎？」

「我相信我的弟弟。」

南握住我的手，對我露出了笑容。

「你一定會保護我的，對吧？」

「當然。」

緊緊握著南的手，我不安的心恢復了平穩。

「來吧，病能者之海！」

我挺直了脊背，站穩腳步！

「不管你們有多少人都沒關係！」

就算是天災也無所謂！

「因為只要是南姊的希望——」

我向前伸出了雙手！

「那我就會為了她擋住你們，拯救世界！」

左手背上的蝴蝶發出了熾熱的光芒！

「世界的一半啊！聽從我的命令，成為我的家人吧！」

「家人製造！」

「嗚——————！」

就在病能發動的瞬間，我不禁悶哼一聲。

——好重！

我感到就像十臺卡車同時撞了過來，而我必須靠著一人之力擋住這數千斤的巨大衝擊。

「給我停下——」

我感到眼冒金星，就連鼻血都流出來了。

要是不努力站穩腳步，我感到自己就會被這股衝擊力吹飛。

「給我停下啊！」

但是不管我怎麼努力發動病能，眼前的病能者之海都沒有停下的跡象。

「那麼……就算拖延住他們的腳步也好——」

蝴蝶記號散發出了從未有過的光芒，熱得就像是要融化我的肌膚。

但是就算做到這個地步了，病能者之海的行進速度還是完全沒有任何改變。

「秋人，加油！」

要不是身旁的南姊握著我的手，我很可能就會因為這個巨大衝擊而失去意識！

「不行……」

我感到自己就要被眼前的黑暗海洋吞沒。

家人製造的病能，本來就是將對方化作家人，藉此控制對方的行動。

但是這病能也有副作用。

既然是家人，那麼對方當然也能影響你。

在這樣懸殊的力量差距下，我感到主導權逐漸被奪走。

被自己的病能反噬，病能者之海反而化作了我的家人，將恐懼和絕望灌輸到了我的腦內。

「我辦不到……」

這本來就是做不到的事。

一個人的力量，怎麼可能足以撼動大海？

我只是季武的複製人——只是他的失敗品。

我沒有感知共鳴的病能，沒有能加速運算，將大量敵人化作家人的能力。

「我真的……辦不到……」

我只是配角。

就連拖延時間，讓主角登場的功用都沒有。

「別放棄！秋人！」

就連南的聲音聽起來都好遠、好遠。

「你早已不是殘缺品，你是我最驕傲的弟弟！」

不，我不是。

我什麼都做不到。

就連心愛之人的願望都滿足不了。

「快給我醒來！」

病能者之海就在眼前。

要是融入其中，那該有多好啊？

我向前緩緩走去——

「給我清醒點，你這沒用的弟弟！」

——砰！

一道遠比病能者之海更為巨大的衝擊打向我的臉龐。

被南的拳頭打飛出去的我，滿臉疑惑地看著四周。

「咦？我、我剛剛——」

「快起來，秋人！」

南想要往前，但一個不穩，就這樣從輪椅上摔了下來，我趕緊伸手抱住了她。

「不要管我！看前面！」

我將視線轉向前方。

不知何時，病能者之海就在離我們只有數十公尺的距離。

我可以清楚地看見他們的面龐，甚至可以感受到那些人的呼吸和體溫。

在我面前的人，朝我和南伸出了手——

「快發動病能，阻止他們！」

「可是——」

那根本不會有效啊！

「聽我的話去做！」

被南一催促，我一個咬牙，再度發動病能。

「咦……？」

變輕了？

不像剛剛那麼重了？

「這樣的話，說不定可以——」

就在敵人的手離我的臉只有三公分的距離時，家人製造的病能終於生效。

就像時間停止一般，十億人同時停下了動作。

「嗚……」

我再度發出呻吟。

總覺得好熱。

身體就像是要燒起來一般的滾燙。

「不對……」

這不是我身體的熱度，而是——

「南姊……」

我以不可置信的眼神看向南姊。

「妳竟然——」

那個不正常的熱度，來自於我懷中的南。

「秋人，你是不是忘了我原本的病能是什麼了？」

南想要露出得意的笑容，但是她才一張開口，無數的血就從她嘴中湧了出來。

「南姊！」

「不過就是感知共鳴的病能嘛……我也有啊……」

南的右手掌上，閃爍著幾乎要熄滅的光芒。

「雖然無法像季武做得那樣好……」

以虛弱的氣音，南說道：

「但只要把我當作最強電腦進行運算……那麼擋個幾秒鐘還是可以的吧……」

「不行這樣！南姊！」

妳已經虛弱到僅存幾個月的性命，要是再繼續這樣耗損下去——

「妳馬上就會死啊！」

驚恐的我趕緊將手放開，想要斷開和南之間的接觸。

但是她緊緊擁住了我，不讓我逃離。

「秋人……為了你之後要生活的世界……」

南的身體燙得就像是要燃燒最後的生命之火。

「我是不會逃的！」

不只右手上的蝴蝶發出光芒，南的全身上下都發出了眩目的白光。

「身為姊姊，我一定要創造一個珍愛的人可以安心生活的世界！」

「快住手啊！南姊！」

不管我怎麼喊都沒用。

南的瞳孔開始放大，想必她的意識已經消失，連我的話都聽不見了吧。

「快來人啊！」

我不斷向四周察看，但是除了敵人之外，一個人都沒有。

「快來個人救救我們——！」

——喀。

就在此時，原本靜止的敵人破除了凍結狀態，開始微微動了起來。

雖然南很拚命地化作最強電腦運算。

但是只靠我和南兩人，本來就不足以阻止十億人的腳步。

到頭來，我們只擋下了病能者之海約莫十秒的時間。

我不懂南姊為何要這麼做。

為何她要這麼拚命拖延時間。

「根本……就不會有人來幫忙我們啊……」

在這最後一刻，我突然意識到——

我和南姊是孤獨的。

我們相依為命，光是自己的事就自顧不暇。

我們沒有和任何人打交道，就連唯一有接觸的季武，與其說是朋友，我們互相為敵的時候還更多些。

真是諷刺。

雖然擁有可以將所有人化作家人的病能，但除了南姊外，其實我一個家人都沒有。

第一次地，我感受到了深深的孤獨。

這股孤獨，甚至比眼前的病能者之海更加可怕——

「南殿下、秋人殿下。」

此時，一個既熟悉又陌生的聲音突然從我身後響起。

「抱歉，我們來晚了，集合所有人花了一些時間。」

我轉過頭去，然後看到了一個令我吃驚無比的景象。

約莫一千人站在我們身後，他們的服飾雖各不相同，但是所有人的衣服上，都有著Q版的「某個人」。

「曇春姊……」

「是的，那是我們最為敬愛的公主殿下，而在她死後，我們一直在追尋她僅存的家人。」

帶頭的男子右手放在胸前，向我和南行了一個西式的禮。

「終於在你們挺身而出面對世界災難時，我們找到了你們。」

——唰！

跟隨著前方的男子，所有古堡之民將手放在胸前，同時向我們行了一個禮！

「祕密之堡共倖存一〇二〇人！在此供南殿下和秋人殿下差遣！」

看到他們之後我才想了起來。

當時祕密之堡雖毀滅，但不是所有人都死於那場災難。

靠著季武將季曇春殺掉，不少堡民存活了下來。

「……你們知道，就算是你們來幫忙，也不一定能擋住病能者之海嗎？」

「我們當然知道。」

「接著我要把你們化作最強電腦來加強我的能力，這樣也沒關係嗎？」

就算真的抵擋住災禍，你們也會就此變成最強電腦。

不管成功與否，等在你們面前的，唯有死路一條。

「當然沒關係。」

所有人將手牽了起來，發出了亮光。

「要是不在這個時候陪著南殿下和秋人殿下，我想我們一定會被公主殿下責罵的。」

「你們——」

「別在意了，盡情使用我們吧。」

一千人同時露出笑容，向我們說道：

「我們不都是公主殿下統率的家人嗎？」

我看著眼前的他們，很快地淚水就模糊了視線。

「太好了呢……秋人……」

像是早就料到會如此，我懷中的南露出欣慰無比的笑容。

「我們不是孤身一人。」

是的，我們不是孤獨的。

那時，季曇春留下的緣分，切切實實地傳到了我們手中。

「答應我，秋人。」

南對我露出了彷彿季曇春的笑容。

「你一定要比我和公主殿下都幸福喔。」

——秋人，我很幸福喔！

此時，我的眼前突然出現了一個情景。

我彷彿看到了戴著王冠，穿著禮服的季曇春站在我的面前。

她將雙手放在嘴前，大聲向我喊著——

——能遇到你們，能這樣活著，我很幸福。

抱著南站起身，我和身後的堡民一同面對眼前的災厄。

「原來只是我一直沒發現……」

看著懷中露出滿足微笑的南，我輕聲說出一個我遲了很久才發現的事實。

「其實……我一直有著這麼多家人。」

Chapter 6 病能者計畫的最終意義

病能者之海停住了。

就像是被黏住一般，他們一步都動不了。

「秋人和祕密之堡的人……」

來到現場的我，為這樣的情景而震驚。

只見秋人站在一千人的前方，發動了「家人製造」的病能，而祕密之堡的所有居民，都站在他身後，手牽著手。

利用這一千人的運算，季秋人擋住了病能者之海。

「不過這只是一時的。」

就算用防波堤擋住了一時，也不能擋住永遠。

「季秋人！」

我趕緊帶著葉藏和季雨冬跑過去。

「你來了啊，季武。」

以公主抱的方式抱著南的季秋人，面容平靜異常。

「謝謝你擋住了病能者之海，要是你沒這麼做，後果不堪設想——」

我說到一半就住了嘴。

因為我看到了季秋人懷中的南閉上眼，已半點氣息都沒有了。

「南姊死了。」

季秋人低下頭，瀏海蓋住了他的雙眼。

「為了保護我未來的幸福，她剛剛過世了。」

「嗯……」

我不知道該說什麼好。

我虧欠季秋人和南許多。

我讓他們受了很多傷害，但是從沒有給過他們什麼。

「季秋人，我——」

「不要跟我道歉。」

季秋人打斷我的話。

「我想，南姊也不希望你向我們道歉。」

緊緊抱著死掉的南，季秋人說道：

「南姊做了她想做的事，我想她的人生已了無遺憾。」

「……我明白了。」

南的表情看起來很滿足。

但是看著死去的她，我必須使盡全力才能按捺心中那股黑暗的情感。

「有什麼好憤怒的呢？」

此時，一個漆黑的身影突然出現，立於病能者之海之上。

「只不過是死了一個人而已。」

「……恐懼炸彈。」

「在南死之前，還有更多人死去吧？」

恐懼炸彈雙臂抱了起來，露出不解的神情。

「那麼，季武你為何沒有為他們而哭？只因你跟他們不夠熟嗎？」

「喂……季武。」

我身旁的季秋人看著恐懼炸彈問道：

「那就是罪魁禍首，是嗎？」

「是啊。」

我瞄了一眼身旁的季秋人。

「不過我有點意外，我還以為你會憤怒地衝上去呢。」

「要是我衝了過去，那麼誰來停住病能者之海的行進呢？」

季秋人再度緊抱懷中的南。

「我不能白費南姊和堡民的心意。」

他大概是最想大哭大喊衝上去的人。

但是他沒這麼做，仔細看會發現，他甚至連一滴淚都沒流。

專心地連結身後的最強電腦，季秋人努力地用病能控制住病能者之海。

不過才隔了幾天，就連季秋人感覺也成熟了不少。

「我本來想要用家人製造的病能讓他們互相殘殺。」

無數冷汗從季秋人額上流了下來。

「但是這已經是極限了……光是要讓他們停住腳步，我感覺腦袋就像是要炸掉一般。」

他現在的感受我很能明白。

想必現在他就像是一個人背著數千公噸的事物吧。

身體被壓得嘎吱作響，就像是要被壓扁一樣難受。

但是就算是如此，還是連一粒細胞都不能放鬆。

「真是的，竟然被這種小小病能給拖住了腳步。」

恐懼炸彈嘆了口氣。

「就算真的擋住了一下又如何？你們又不可能改變最後的結局？」

「恐懼炸彈，妳到底打算做什麼？」

我看著病能者之海後方那沖天的火光和黑煙。

「殺死這麼多人，這就是妳想做的事？」

「是啊。」

恐懼炸彈露出一副驚訝的神情。

「你現在才發覺嗎？」

「…………」

「要是不殺那麼多人，病能者計畫就不會成功吧？」

恐懼炸彈靠近我，黑色的眼睛中閃爍著光芒。

「季武，我們來複習一下吧，這是所有的源頭，也是至今一切的大前提。」

恐懼炸彈指著我身後的祕密之堡人民。

「人因為殺人的數量過多，所以在演化過程中，將『對人的恐懼』刻劃到本能中。於是誕生了我——也就是恐懼炸彈。」

恐懼炸彈的手指，移向自己的腦袋。

「一旦恐懼炸彈引爆，那麼人類就會想要抹殺人類這個物種，開始自殺或是互相殘殺。」

「我知道——」

「不，你不知道。」

恐懼炸彈打斷我的話。

「為了轉移恐懼，季晴夏創造了病能者這個物種，但是，若是靠著兩個物種恐懼彼此就能得到和平，那季晴夏為何要擬定這麼複雜的病能者計畫，讓我這個魔王出現在你面前？」

「因為……光是將兩個物種分成兩邊，並無法得到和平。」

在四季時，無數普通人開始「病化」。

季晴夏的計畫雖看似完美，但還是有一個無法解決的問題。

靠著不斷繁殖病能者，病能者的數量得到增長。

但是這是病。

一種名為季晴夏的病。

一旦浸泡其中太久，那麼普通人就會因為病化而成為病能者。遲早，全世界的人類都會成為病能者。

若是這世上只有一個種族，沒有其他種族轉移注意力，那腦內的恐懼炸彈一樣會爆炸。

「嗚……變重了。」

我身旁的季秋人身體突然彎了下來。

「怎麼突然……變得這麼重。」

時限已經到了？不對，這也太快了。

「我就說了，不管你們怎麼掙扎，結局都不會改變。」

病能者之海再度破除了凍結。

十億人同時往前踏了一步！

——咚！

地面的震動，讓季秋人浮空一會兒後，跌坐在地。

「你們的努力，只是無意義的徒勞。」

此時我發覺了，病能者之海的黑霧化作了一隻又一隻的黑色蝴蝶，飛到了祕密之堡人民中間，附著在他們身上。

「最強電腦的效能，不斷降低——」

以痛苦萬分的表情，季秋人張開雙手苦苦支撐。

「控制權逐漸被奪走了——————！」

先是十人身上亮出了黑色蝴蝶記號。

接著以這十人為基點，黑色蝴蝶不斷蔓延。

十人、二十人、四十人、八十人——

以等比級數增加，所有祕密之堡的人很快都染上了黑霧，化作了沒有意識的傀儡。

「『病化』……」

將普通人變成病能者的現象。

「處在這麼高密度的病能者之海前，怎麼可能會不受感染呢？」

恐懼炸彈露出漆黑的笑靨。

「你好不容易找到的家人，現在盡數變成你的敵人了，感想如何啊？」

「……………………我不甘心。」

趴在地上的季秋人緊抓著地面，但就算指甲已斷裂，所有手指都是血，他仍硬撐著不喪失意識。

「我不甘心……我竟連南姊最後的期望，都沒達成——」

他掙扎著往前爬，就像是還想再做些努力。

他的左眼本就瞎了，此時仔細一看，會發覺他身上的傷痕就和南一樣多。

看不下去的我，將其扶了起來。

「接下來交給我吧。」

我將他交給葉藏的弟子們，示意她們將季秋人帶離開這邊。

但是，季秋人不願就此離開。

他緊緊抓著我的白袍，已虛弱到說不出任何話的他，用充滿執念的右眼看著我。

「我答應你，我一定不會白費你和南的努力。」

我握住他那滿是鮮血的手。

「我必定會拯救世界，將你的家人帶回來的。」

聽到我這麼說，季秋人才終於放開了手，放心地閉上雙眼。

我給葉藏使了個眼神，示意她的弟子也跟著退場。

要是他們也跟著「病化」，那已經很糟的情況就會更加雪上加霜了。

「那麼，你們接著要怎麼做呢？」

恐懼炸彈笑吟吟地問道。

我、葉藏、季雨冬三人，面前站著十億病能者，至於身後則是已經病化的一千名祕密之堡。

「確實……這狀況十分絕望。」

若是普通人站在病能者之海面前，就會被其吸收，若是病能者，則會被其操控。

這份天災，無人能阻止。

「可是……這樣難道不奇怪嗎？」

我看著恐懼炸彈問道：

「若照這樣發展下去，世界只會剩下病能者這個種族，不是嗎？」

若只剩一個種族，那就無法轉移腦中的恐懼，人類依舊會滅亡。

「所以，我才出現了。」

恐懼炸彈手撫著胸說道：

「經過季晴夏的病能者計畫，我雖是個人，但也代表著一個物種，既然是物種，那就足以擔當他人恐懼轉移的對象。」

「原來如此，這就是晴姊的最終目的，是嗎？」

「是的，從今以後，我就是『恐懼的象徵』，不管是病能者還是普通人，都必須恐懼我！」

先是化身一個物種，然後再進化成恐懼的記號。

「所以，我才必須率領病能者殺人。」

恐懼炸彈將手併成手刀，在脖子上一劃！

「我會殺光大多數的普通人，並讓所有倖存的人處在隨時會病化的恐懼中。」

漆黑的雙眼中，閃爍著瘋狂的光芒。

「等到所有人都在我支配下後，我會殺光絕大多數的病能者，讓病能者恐懼我。」

「真是瘋了……」

「你錯了，瘋的是人類。」

「恐懼炸彈」迅速反應我的話：

「要不是人類殺的人過多，我這個恐懼炸彈也不會誕生。」

這是人類的原罪。

是我們用自己的手，讓自己這個物種面臨了危機。

「你說啊！季武，我錯了嗎？」

恐懼炸彈看著我問道：

「人類殺人毫無目的，但我殺了這麼多人，則是為了拯救大家，那麼，到底是誰比較罪孽深重？」

「…………」

「要不是季晴夏的病能者計畫，人類早就毀滅了！」

面對恐懼炸彈連珠炮似的言論，我一句反駁的話都說不出來。

「所以我必須讓人類恐懼——也唯有吸食這股恐懼，你們才能殘存下來。」

大量的黑霧纏上了恐懼炸彈身上！

「如果你恐懼被活埋，那我就會活埋你；如果你恐懼被分屍，那我就會在你面前將你家人分屍；如果你恐懼活著，那我就會讓你永遠活著。如果你無所畏懼，那我就會想盡辦法催毀你的心智。」

毫無理由的，恐懼炸彈身下的人緊緊掐著脖子自殺了。

站在疊起來的屍體上，恐懼炸彈居高臨下地說道：

「病能者必須恐懼我，普通人必須恐懼我——這世上的所有人都必須恐懼我。」

我終於明白站在我面前的是怎樣的存在。

以物種為骨，以所有人對晴姊的認知為肉，最後以全世界的恐懼為魂——

「妳就是——『恐懼炸彈』的具現化。」

病能者計畫，至此全數完成。

季晴夏將所有人刻在基因中的恐懼炸彈拉了出來，化作了實際的形象。

「季武，我想若是季晴夏，此時應該會這麼問你吧？」

恐懼炸彈揮動身上的白袍，手扠腰露出自信的笑容。

「『人類滅亡』和『付出慘痛的犧牲後讓一部分人存活』，兩種未來你會選擇哪邊呢？」

「……」

擺在我面前的，是難以抉擇的殘酷天平。

我理所當然地無法回答。

「但若是季晴夏，我可以肯定地跟你說——她會選擇後者。」

不理解人類感情的晴姊，只會做對的事。

若是今天殺了六十億人，能拯救剩下的一千人，我想她一定會毫不猶豫地如此執行。

可是、可是——

「這不是姊姊大人希望的救世！」

我身旁的季雨冬，代替我說出了心中的疑惑。

「妳怎麼知道？」

「恐懼炸彈」以一副饒有興趣的表情看著季雨冬說道：

「現在的我，比妳更接近季晴夏吧？」

「奴婢覺得……不太對。」

「哪裡不對？」

「這個計畫過於拙劣了。」

「喔？」

「將『恐懼炸彈』具現出來然後支配世界，這計畫實在太拙劣——太小兒科了。」

季晴夏的計畫總是超出常人。

她的計畫總是跳脫理解範疇。

「連我都能想得到的救世法，不可能是姊姊大人想出的方法！」

沒錯，若是晴姊，不可能只有如此。

這種只有殘酷和絕望的世界，絕對不可能是晴姊期許的未來。

「這只不過是你們的臆測罷了。」

恐懼炸彈搖了搖頭。

「你們沒有任何證據，證明你們所說的話是真的。」

「不，妳的行動有破綻。」

像之前和院長辯論那時一樣，季雨冬毫不畏懼地站了出來。

「季秋人的行動並非白費，剛剛的情景，讓奴婢終於發現不對勁的地方了。」

「我的行為，並沒有不妥當。」

「那麼奴婢問妳，妳控制了所有祕密之堡的人民，但是為何呢——」

季雨冬指著恐懼炸彈問道：

「為何妳不控制季秋人？」

就像被季雨冬的話點醒，我感到腦中閃過了一絲光明。

沒錯，恐懼炸彈的行動中，確實有著不合理之處。

「只要控制住季秋人，那家人製造的病能不就會很輕易地解除嗎？」

「要是太簡單就征服全人類也不好吧？我還是得留下一點樂子啊。」

「妳在說謊，妳剛剛不是還因為病能者之海被拖慢腳步而傷腦筋嗎？」

「真是能言善辯啊，季晴夏的妹妹。」

恐懼炸彈故意用季雨冬討厭的稱呼，但現在的季雨冬已不會被這種程度的挑釁動搖。

「妳是恐懼的象徵，妳只會做讓所有人恐懼的事，故意放人一馬這種事，不是立志成為魔王的妳會做的事。」

「……」

「而且，奇怪的地方還不止如此，控制所有病能者的妳，為何不連葉藏和武大人一起控制？」

「……………」

第一次，我看到恐懼炸彈露出說不出話來的模樣。

「妳做不到對吧？」

往前進逼一步，季雨冬氣勢驚人地說道：

「回答奴婢啊！妳無法控制奴婢剛說的那些人，對吧？」

十個病能者突然衝了上來，就像是要阻止季雨冬繼續往下說。

——唰！

葉藏毫不猶豫地揮刀，俐落地將來犯的敵人一分為二。

「果然，妳這反應，讓奴婢更加肯定自己的猜測是對的。」

即使眼前下著血雨，季雨冬仍無所畏懼地說出真相。

「不只葉藏、武大人和季秋人三人，妳應該也無法操控葉柔和院長，對吧？」

恐懼炸彈無法控制的人，有著怎樣的共通點呢？

我、葉藏、葉柔、院長、季秋人——

「原來是這樣……」

當這些人湊起來後，答案很快地就浮現在我腦中。

「『恐懼炸彈』，無法控制和干涉晴姊最初製造的那批病能者。」

在製造法傳遍世界前，季晴夏就已製造了一些病能者。

我們這些病能者，是所謂的「例外」——也是恐懼炸彈管轄範圍外的存在。

「但是……為何呢？」

留下部分恐懼炸彈無法控制的人，她是想告訴我們什麼呢？

若是我之後成為魔王——你願意成為打倒我的勇者嗎？

「我懂了……」

我終於明白了。

「雨冬，葉藏，我終於理解晴姊想要做什麼了。」

一直以來，我都想理解晴姊。

然後就在面對絕對的恐懼時，我終於在這一瞬間明白了晴姊的想法。

——人們祈望的是正義必勝邪惡。

「她希望我們打倒她——打倒『恐懼炸彈』。」

——要是沒有打倒魔王，勇者就無法被歌頌。

——要是世界沒有被破壞過，就無法出現拯救的人。

——要是沒有人散發絕望，那也不會有人帶來希望。

靠著病能者計畫，潛藏在人腦中的恐懼炸彈終於被拉了出來。

「不管是普通人還是病能者，現在都畏懼著這個恐懼的象徵。但是這事實也可以反過來利用——」

我看到了希望的曙光。

「只要打倒眼前的她，就能消滅『恐懼炸彈』，解放全人類啊！」

所以我們才能不受恐懼炸彈控制。

因為我們是季晴夏用來打倒最後魔王的棋子。

這才是真正的病能者計畫。

其實一點都不複雜。

只是單純至極的——

「勇者打敗魔王的故事而已……」

聽到我這麼說，恐懼炸彈露出了欣慰至極的笑容。無限接近季晴夏的她，在發現我終於理解她的所思所想後，還是露出了開心的笑容。

「那麼，一切終於就緒了！」

「恐懼炸彈」翻動身上的白袍！

「來吧！盡全力打敗我吧！」

數十億病能者同時前行！

「我是季晴夏！」

「我是病能者這個物種本身！」

「我是恐懼的記號和象徵！」

「我是最後大魔王！」

「我是所有人類刻在基因中的恐懼！」

「我是人類的罪，名為『恐懼炸彈』的存在——」

無數的黑色蝴蝶，亮出了黑暗的亮光！

「來吧！最終決戰開始了！」

恐懼炸彈身後，長出了巨大的黑色蝴蝶翅膀！

「我是滅世還是救世的存在——由你們來決定。」

Chapter 7 最終之戰

「靜之勢・改！」

面對幾乎要填滿眼前空間的敵人，葉藏馬上就使出了自創絕招。

巨大的防護罩出現，以葉藏為圓心，方圓十公尺的事物全數化作了碎屑。

但是，彷彿剛剛發生的事只是一場錯覺。

新的敵人馬上填補了那個缺失的空間。

就算吹飛了大海的一角，也無法對大海造成多少傷害。

「原來如此，由靜之勢和萬物扭曲結合的武術嗎？」

此時，我看到了恐懼炸彈的瞳仁變成了五。

——我的寒毛豎了起來。

最熟諳感知共鳴的我，知道恐懼炸彈在做什麼。

她在理解——她正在徹底理解葉藏的招式。

「五感共鳴——」

一部分黑霧從恐懼炸彈身後的蝴蝶翅膀飛了出來，在她手中化作了一把黑色的刀。

「靜之勢・改！」

和葉藏一樣的招式——不，遠比她的威力還強勁。

目光所及之處都下起點點寒光。

我抬頭一看，只見一個數百公尺的半圓罩住了我們和身前的病能者之海。

——啪。

先是遠處的人開始變成碎肉。

接著，就像是骨牌一樣，這股崩壞迅速向我們靠近。

就像是崩解的人類形成的巨大海浪。

「靜之勢・疊！」

葉藏向前直劈，抵抗向我們襲來的衝擊。

連續朝相同的位置揮出二十刀！無數的刀光重疊在一起，好不容易擋住了恐懼炸彈的招式。

「嗚……」

但是，這僅僅是擋住而已。

恐懼炸彈的攻擊並沒就此消散。

不斷和恐懼炸彈的刀影角力，情況轉眼間變成了消耗戰。

「他人的手！」

季雨冬伸出了染著黑氣的左手，在葉藏的刀軌上補了一刀！

在兩人合力下，才終於把這股衝擊給一分為二！

「謝謝妳，雨冬姊姊。」

「別道謝，還沒結束呢。」

在我們三人面前，恐懼炸彈的翅膀再度幻化成刀。

「五感共鳴──」

拿著兩把刀的恐懼炸彈舉起了右手的刀。

「靜之勢．改──」

緊接著，她揮出了左手的另一把刀。

「靜之勢．疊！」

逼人的刀氣沖散了天空的雲層！

數百層相疊的巨大防護罩包裹住了我們。

領域中的刀光密到完全察覺不到，儼然已變成了空氣的一部分。

身前的人無聲無息地化作了粉末。

但是，這只是開始。

只要被這道寒氣拂過的人，就會化作碎屑消失。

就像是被這股寒風融化一般，不過一轉眼間，數千人就這樣消失無蹤。

變得冰冷的空氣，就這樣朝著我們吹了過來──

「武大人，退後！」

季雨冬站在我們面前，舉起左手想要擋下這道攻擊，但是她本來就不是擅長戰鬥的類型。

就算沒有感知共鳴的病能，我也能感受到她的慌張。

「我可以……」

此時，在這樣極限的狀態下，我感到身旁的葉藏出現了異變。

「我可以……做到。」

在一片寒氣中，唯有葉藏這邊是不同的。

睜大眼睛的她，像是在看著什麼，也像是什麼都沒看。

她緩緩地抽出腰間的刀，面對著眼前瀰漫的寒氣。

就在下一瞬間——空間扭曲了。

「靜之勢・聚。」

不管是敵人、碎片還是氣流，一切的一切都在眼前收束、聚攏，朝著葉藏身前合併。

就算有無數刀軌也沒關係，只要收攏在一起，那就只是一個刀軌而已。

「斬！」

葉藏揮出刀子，將面前彷彿銀河的黑色漩渦斬斷。

就在一陣玻璃碎裂的清脆聲過後，眼前的一切盡皆碎裂，我們回到了原本的空間感中。

呈現在眼前的，是一片潔淨的空間。

我們和恐懼炸彈之間，再無任何敵人存在。

「靜之勢・疊！」

葉藏向前直劈！重疊的刀光化作衝擊波飛到了恐懼炸彈面前！

恐懼炸彈一個簡單的揮手，將葉藏的斬擊揮散。

「受死吧！」

但是，趁著刀光的掩護，葉藏一個箭步，衝到了恐懼炸彈眼前！

「靜之勢・改・疊・聚！」

白色的多層防護罩包住了恐懼炸彈，但是這和剛剛的巨大防護罩不同，只有一個人的大小。

以恐懼炸彈的腹部為基點，防護罩以逆時針向中心點收縮、聚合——

「啊啊啊啊啊啊啊！」

恐懼炸彈發出了慘叫！

就像是水流向出口，我看到了恐懼炸彈逐漸被壓縮、碾碎。

——鏘！

葉藏將刀收回刀鞘，俐落轉過身來。

在此同時，原本恐懼炸彈所在的地方也已化為一片烏有。

葉藏脖子上的圍巾隨風飄揚，讓人感覺帥氣無比。

「感覺……甚至超過了葉柔。」

這幾年的歷鍊，似乎讓葉藏突破了某種障礙，抵達了無人能達的境地——

「葉藏！小心上方！」

季雨冬突然大喊！

「靜之勢・疊。」

——砰！

巨大的刀光從天而降！

多虧了季雨冬的提醒，在最後一刻，葉藏舉起刀來擋住了這道斬擊。

「打敗我一次，是不是很開心啊。」

以黑色蝴蝶翅膀飛在空中的恐懼炸彈，露出開心的笑容。

「怎麼會……明明有砍到的手感啊？」

葉藏有些疑惑地看著自己的刀。

「我剛剛確實被妳砍死囉。」

大量的病能者走到了恐懼炸彈下方，再度包圍住了我們。

「但僅僅是這樣，是無法將我消滅的。」

從病能者之海散發出了黑氣，這些黑氣聚到了恐懼炸彈，使她的翅膀變得更為巨大。

「我由病能者這個物種幻化而生，所以要將我完全從這個世界移除很簡單——」

恐懼炸彈拍動巨大的翅膀！

「只要讓病能者這個物種絕種就行了！」

讓十億人……全都死去？

先不論是不是真的能做到此事。

就算真的能做到，雙手也會染滿血跡。

「來吧！葉藏！」

恐懼炸彈再度揮動手上的刀！

「妳只要再殺死我十億次，說不定這場決鬥就會結束囉！」

「呼、呼、呼……」

渾身是傷的葉藏拄著刀子蹲在地上，不斷喘氣。

這是場不對等的戰鬥。

恐懼炸彈不斷吸收葉藏的招式，然後將其重現。

而且不知道是不是她刻意在玩耍，她完全不防禦，只是一個勁地朝葉藏攻擊。

在戰鬥過程中，葉藏不斷進化。

她不斷地運用刀和萬物扭曲的病能，創造出了許多我想都想不到的招式，也靠著這些刀術殺掉了恐懼炸彈三百餘次。

但是，不管殺多少次都沒用。

恐懼炸彈雖是一個個體，但她同時也是一個物種。

你不管殺一個人幾次，你都無法抹滅一個物種。

「靜之勢・改・疊・聚！」

恐懼炸彈再度使出了葉藏曾用過的招式！

多層防護罩罩住了葉藏，開始朝中心點壓縮——

「靜之勢・離！」

葉藏扭曲空間，讓恐懼炸彈的攻擊偏離！

「靜之勢・瞬！」

葉藏伸出右手，不過一瞬間，她和恐懼炸彈之間的距離就化作零。

在極近距離下，葉藏一刀將其斬死！

「還沒完呢。」

可是，新的恐懼炸彈馬上從葉藏身後出現，對毫無防備的後背砍了一刀。

「嗚……」

負傷的葉藏向前踉蹌了幾步。

但她馬上穩住身形，朝身後回了一刀，將恐懼炸彈砍死。

「再來、再來——！」

第三位恐懼炸彈出現在葉藏前方。

「他人的手、五感共鳴、萬物扭曲！」

變形又染黑的左手不斷向上延伸，就在變到十公尺這麼長時，恐懼炸彈將化作長鞭的手用力向下一揮！

葉藏本想閃避，但就在手鞭要抵達她頭上的那刻，她的腳步一個不穩，單膝跪倒在地！

「葉藏！」

迫不得已的葉藏，只能雙手舉刀硬接這道攻擊——

——砰！

大量的塵土飛揚！

雖然擋住了，但劇烈的衝擊，還是在葉藏所站的正下方打出了一道深深的壕溝！

「噗啊——！」

承受不住這樣的衝擊，葉藏吐出了一大口血，雙膝跪倒在地。

我和季雨冬想要上前支援，但是密密麻麻的病能者馬上就擋住了我們。

「怎麼了？季晴夏留下的希望就這麼脆弱嗎？」

恐懼炸彈的雙眼閃出漆黑的光芒。

「讓我再開心一點吧——靜之勢・瞬！」

恐懼炸彈瞬間出現在葉藏面前。

——噗！

隨著一聲悶響，葉藏的肚子就這樣被恐懼炸彈的左手貫穿！

「葉藏啊啊啊啊啊啊！」

再也忍不住的我，強迫自己使出四感共鳴。

將眼前的敵人全數鏟除，我跑到了恐懼炸彈面前，一個迴旋踢將其逼開。

「主人，別管我，我還可以……」

在我懷中的葉藏，緊緊握著刀子。

「別胡說八道了！」

我一大叫，就趕緊伸手摀嘴，強自將吐出的血吞回去。

已經不行了，我的身體已經再也不能使用病能了。

只不過一瞬間使出四感共鳴，就覺得身體深處的內臟似乎攪成一團。

「我可以、我還可以——」

嘴邊流下血絲的葉藏睜著虛無的雙眼說道：

「我感覺自己又掌握到什麼了，我可以——」

——鏘！

「靜之勢・閃。」

等到刀子已回鞘後，我才驚覺葉藏已出了刀。

「別再逞強了——咦？」

恐懼炸彈說到一半停了口——不，是她即使想說也說不下去。

她的頭和身體分離，靜靜地滑落到地上。

「妳剛剛做了什麼？」

重新出現的恐懼炸彈飛在空中，以饒有興趣的眼神看著葉藏。

但是葉藏沒有回答，一句話都沒說的她，只是專心致志地看著前方，就像是要把一切都收入腦內。

「葉藏，妳……」

無數的白煙從葉藏身上冒了出來——

「靜之勢・閃。」

——鏘！

又是一陣金屬敲擊的聲音！恐懼炸彈的頭再度落了下來。

但是，這次我看到了，恐懼炸彈落下的頭，鑲著兩個變成五的雙眼。

「原來如此。」

站在我們身旁的恐懼炸彈拍了拍自己的脖子。

「以無任何一絲雜質的洗練動作揮出刀，然後再用萬物扭曲瞬間改變距離，使其抵達我的項頸處嗎——」

——鏘！

說到一半，恐懼炸彈的頭就掉了下去。

「真是有趣，因為太順暢和迅速了，就連當事者都無法察覺到異狀呢。」

葉藏沒有回話，她只是一心一意的揮著刀。

「靜之勢・閃。」、「靜之勢・閃。」、「靜之勢・閃。」

恐懼炸彈不斷被斬死，但是新的恐懼炸彈也會在轉眼間出現。

雖然情勢看似暫時僵持住，但這情況一點都不樂觀。

我們只是單純的在耗損葉藏寶貴的體力，來換取微薄的時間而已。

「太天真了吧。」

恐懼炸彈笑道：

「竟認為這樣就能拖住我？」

雖然被葉藏牽制住，但病能者之海在恐懼炸彈的指揮下動了起來。

所有人都舉起了左手！

「他人的手、五感共鳴、萬物扭曲！」

數萬隻黑色的手鞭朝空中蔓延，就像是無數的黑蛇！

「我的天啊……」

我怎麼沒想到呢？

既然恐懼炸彈代表著病能者這個物種，那反過來說也是可以的。

她能使用的招式，底下的人也能同等使用。

「季武，接招吧！」

眼前變得一片黑暗！

視野所及之處皆是扭曲的手鞭！

「主人，我會保護你的。」

葉藏在我和季雨冬面前，以端正的姿勢正座了起來。

「我是你的刀，你的劍。」

從葉藏身上，冒出平靜但刺人的寒氣。

「我不再扭曲距離了，因為我本來就只想守護我的刀所能觸及的範圍。」

葉藏雙眼閉上，就像是要用全身的感官去感受面前的一切。

「來吧！這是葉藏最初也是最後的招式——」

「『靜之勢』！」

沒有任何花俏的技巧。

葉藏用了她最初遇到我時所用的——守護的招式。

無數隻手打了下來！

——砰！

天崩地裂！地動山搖！

恍若被刀子割開，地面登時出現了無數條深不見底的壕溝！

大量的落石和塵土出現，劇烈的震動讓我們跌坐在地。

在這樣超出常理的攻擊下，我只能和季雨冬緊緊抱著彼此，什麼事都做不了。

過了彷彿幾年那麼久的幾秒鐘後，周遭終於恢復了平靜。

我緩緩睜開眼，結果出現在我眼前的是令人震撼萬分的景象。

「葉藏……」

即使因為力竭而失去意識，葉藏仍維持著正座的姿勢，擋在我們面前。

就算周遭的地形完全改變，我們四周還是完好無缺。

葉藏信守了她所說的話，只要是刀所及之處，就是她能保護之所。

「真是了不起，但是接著你們該怎麼辦呢？」

無人牽制的恐懼炸彈再度號令病能者。

但是，這次不是幾百人、幾千人甚至是幾萬人的規模了——

「所有病能者聽令！」

——十億人同時舉起了左手。

「五感共鳴、萬物扭曲，他人的手！」

無數的手在空中扭動，就像是無數的黑色龍捲風。

這些黑色龍捲風插進雲層中，直入天際。

「我的天啊……」

這些龍捲風交纏在一塊，吞噬、覆蓋彼此——最終成了和一座大山一般大小的黑色手臂！

不管怎麼抬頭，都看不到這手的盡頭；不管怎麼左右掃視，都看不到這手究竟有多寬。

要是這手揮下去的話——

世界究竟會變怎樣呢？

「也不用追上那些人了！只要手的長度足夠，就能一掌拍死大家！」

「恐懼炸彈」舉起手來一揮！

「就在這邊結束吧——！」

黑色大手揮了下來！

破開雲層、遮蔽所有天上的亮光！

沉重無比的風聲，讓人聽了幾乎就要發瘋。

到此為止了……嗎？

「別放棄！武大人！」

幾乎要被風壓吹走的季雨冬，緊抓著我的衣服大喊：

「姊姊大人不可能設定一個無解的局給我們的！」

是的，我們的設想應該是正確的。

季晴夏希望我們打敗恐懼炸彈。

但是，到底要怎麼打敗既是個人又是物種的存在？

「我需要時間……」

已喪失病能的我，還是有人類最後的武器。

那就是「思考」。

面對向我倒塌下來的黑色巨山，我拚命運轉腦袋。

嚴格來說，晴姊並不是一個多厲害的人。

她沒有如葉藏或是葉柔一般高強的武藝，也沒有像是院長一般深沉的心機。

但是僅憑藉著思考，她就顛覆了世界和所有人類。

「時間……」

我需要思考的時間。

要是有人能給我——

「不論你想要什麼，我都會傾盡全力幫你準備。」

一個身影突然從天而降。

「四季王，就由我來給你所希望的事物吧。」

無數的刀光在我眼前閃爍，黑色巨手就像是麻痺一般停在了半空中。

——啪！

隨著一聲清脆的碎裂聲響，無數的碎裂痕滿布巨手！

——砰！

足以消滅另一半世界的巨手，就這樣在空中裂開、消散！

剛剛被遮掩住的陽光再度落了下來。

閃閃發光的葉柔，轉過頭對我露出了微笑。

「久疏問候，四季王。」

「葉柔……」

雖然早就知道她沒事，但是看到她的瞬間還是不禁心情激動地說不出話來。

「不只有她喔。」

另一道嬌小的純白身影，踩著無數蝴蝶從天空走了下來。

「我也來了，季武。」

「裏科塔……」

是因為心裡太過感動還是因為其他因素？

總覺得站在我們面前的兩人閃閃發光，就像是身上蓋了一層薄薄的光。

「這不是你的錯覺喔，我們確實做了一些事，讓我們的能力與以往不同。」

裏科塔搖著扇子。

「不過，現在還是先別說這個了。」

「都到齊了嗎？季晴夏第一批製造的病能者？」

恐懼炸彈手托臉頰，很愉快地笑道：

「不過，就憑你們五個人能做什麼？更別提還有一人已失去意識了。」

「直到此刻，我才終於明白季晴夏製造我們的深意。」

裏科塔揮動手上的扇子說道：

「葉藏和葉柔是『前衛』，她們負責以武藝守護季武，至於季雨冬則是『後衛』，在季武心靈崩潰時，擔負起治癒和支撐的工作。」

就像是勇者打魔王的隊伍，我們被賦予了不同的職責。

「那麼妳呢？」

「我是『吟遊詩人』。」

裏科塔以扇子遮住臉的下半部。

「將過程和結局傳達給世人就是我的工作，只要我說出『恐懼炸彈已被消滅』，那麼，想必不會有人質疑吧。」

因為，她僅存實話，也只能說實話。

「真不愧是季晴夏——真不愧是我，竟做出了如此有趣的事。」

恐懼炸彈再度拍動翅膀。

「但是，你們的故事，不一定是好結局吧？」

——我打了個寒顫！

眼前的氣氛陡然一變。

一直以來，我都感受到恐懼炸彈留有餘裕，並沒有真的使出全力。

可是，我不知道她為什麼要這麼做。

「因為，我想給大家真正的恐懼！」

恐懼炸彈的漆黑雙眼緊緊盯著我們，就像是在看等待已久的獵物。

「你們解開了季晴夏的計畫，知道了自己被附加的意義和價值，那麼，只要將你們這群希望碾碎，想必真正的恐懼就會籠罩所有人吧？」

病能者之海，再度動了起來。

但是和之前的慢慢行走不同。

這次是高速地跑動！

十億人構成的浪潮以盛大的勢頭捲了過來！

「必須阻止這些人！」

但是，還有什麼手段？

占滿地平線的敵人，遠遠超過我們五個人能處理的數量。

「季武，我們的夥伴，『不只五人』喔。」

此時，我身旁的裏科塔突然吐出了一個讓我錯愕的實話。

「季武，別忘了你的職責，你是『勇者』，殺掉魔王的聖劍你必定已握在手中，只是你尚未察覺。」

表情漸漸從裏科塔身上流失。

「你可是曾打敗過我的人，所以，你必定能清除『恐懼炸彈』，拯救世界的。」

裏科塔手中的扇子「啪」的一聲闔起。

「在那之前，『我們』會幫助你的！」

——一雙黑色羽翼從科塔身後出現。

純白的死神再度降臨。

科塔走到前方，面對病能者之海伸出了手。

「『死亡錯覺』。」

無數的骷髏頭出現！

大量骷髏頭構成的死亡之海，就這樣朝著病能者之海衝了過去！

兩道巨浪相撞，卻沒發出任何聲音。

前方撞到骷髏頭的人因為死亡錯覺而倒下，但後方的人依舊前仆後繼地前行。

倒下——前行——倒下。

這樣的循環不斷重複，人疊得越來越高、越來越高，很快地就變成了一道數十公尺的人牆。

但是不管這個人浪疊得有多高，他們都無法越過科塔防守的那條線。

「竟然……擋住了？」

這怎麼可能？

就算科塔是死亡錯覺病能的始祖，也不可能做到此事。

「第六感、雲悠然推手、萬物扭曲。」

恐懼炸彈揮出手鞭，襲向因為發動死亡錯覺而無法動彈的科塔。

本來雲悠然的招式就是無人能擋住的武術了，竟還加上了萬物扭曲改變了距離？

我衝到科塔的面前，打算拚死幫她爭取時間——

「不可理解。」

眼前的攻擊登時消失！

失去目標的我停下了腳步。

眼看科塔就要被恐懼炸彈的手鞭擊飛時——

「注視致命。」

身上閃耀著光芒的葉柔站了出來，擋在科塔面前。

朝著虛空砍下一刀，她以樸實無華的斬擊切斷了恐懼炸彈的攻擊。

「竟然這麼輕鬆……？」

這可是雲悠然的招式耶？

「那麼，這樣如何——」

恐懼炸彈背後的翅膀變得盛大，就像是燃燒的黑火！

「幻痛再生！」

恐懼炸彈變成了十個！

「靜之勢。」

所有恐懼炸彈身邊，都出現了保護她的半圓形防護罩。

「臉盲，萬物扭曲。」

從我們臉上擴大的虛無，抹掉了我們的視野，讓我們什麼都看不到。

「家人製造、死亡錯覺。」

除了視線外，精神也被她的病能影響，開始變得模糊。

「六感共鳴、他人的手、雲悠然之推、不可理解！」

十個恐懼炸彈揮起染著黑氣的左手，同時推向葉柔。但這些攻擊到一半就消失了蹤影！

在恐懼炸彈面前的人瞬間被她的左手燒掉、蒸發！

沒有視野，精神被控制，無法招架和閃避的猛力招式，就連認知都辦不到。

雖然早就有所懷疑。

但看到這情景我確信了。

代表病能者這個物種的恐懼炸彈，可以使用所有病能。

「葉柔——快逃啊！」

只是，出乎我意料之外的，葉柔完全沒有驚慌。

她冷靜地舉刀至胸前，以漂亮的架勢面對前方。

「不管是什麼病能都好。」

——一道銀色的閃光橫切，將一切斬斷。

「只要能被我看到，那就是能斬斷的事物。」

十個恐懼炸彈全數被分成兩半，他們同時露出了詫異的神情。

「接著是——後面嗎？」

憑藉著注視致命的病能，葉柔迅速衝向後方，和新出現的恐懼炸彈進行纏鬥，讓她無暇對科塔下手。

雖然恐懼炸彈擁有所有病能，但葉柔和她進行戰鬥，一時之間竟打成了平手。

「這究竟是怎麼回事？」

戰場在這瞬間陷入了僵持。

葉柔和恐懼炸彈的個人戰。

以及科塔和所有病能者之海的對抗。

不管是葉柔和科塔，能力都得到了大幅度的提升，和之前完全判若兩人。

「原來如此，上面嗎？」

恐懼炸彈抬起頭，看著藏在雲層的事物，我也跟著她將視線朝上——

「和之島……？」

巨大的天空之島，不知何時出現在我們上方。

整座島和科塔以及葉柔一樣，散發著微弱的光芒。

「——加油啊！」

在被恐懼炸彈發現的那刻，空中也傳來了聲音！

「不要輸啊！科塔！」、「展現我們四季之雨的驕傲吧！」、「我們這邊兩百萬人全數是妳的後盾！放心衝吧！」

四季之雨——普通人的國度，總人口約莫兩百萬人。

「加油啊————！我們最敬愛的王！」

我簡直不敢置信。

「四季之雨的國民，竟全數變成了『最強電腦』？」

帶著龐大的運算和強勁的後援，科塔來到了我們面前。

「我雖是病能者。」

還不習慣說話的科塔，以毫無抑揚頓挫的聲音說道：

「但我的半身現在是沒有病能的普通人。」

黑色的羽翼拍動，更多的骷髏頭冒了出來，吞蝕了眼前的病能者之海。

「她曾希冀世界和平，也曾建立普通人的樂園。」

小小的女孩，手中緊握著扇子，無所畏懼地面對十億敵人。

「我是病能者——但我也是普通人之王！」

以科塔的聲音，帶著裏科塔過去所留下的信任所組成的最強電腦，她大聲喊道：

「我不會讓你們傷害任何一個人的！」

「你們已經傷害夠多人了！」

陷入苦戰的恐懼炸彈大聲說道：

「就連現在，妳也在殺害病能者！」

她用力揮手說道：

「別說漂亮話了！就是因為人類的愚蠢，才誕生了我這個恐懼炸彈！」

黑色的蝴蝶從她身後出現，往天上的和之島飛去！

「別想讓上面的四季之雨『病化』！」

季雨冬伸出左手！

「刪除左邊！」

黑色蝴蝶被季雨冬的黑幕定在了空中，葉柔一個揮刀將所有蝴蝶斬落。

「——葉柔輔佐加油！」

空中再度傳來了熟悉的聲音。

「讓所有人看到我們四季之晴的領導人有多厲害！」、「順道把那邊的四季王一起砍死吧！」、「葉柔輔佐我愛你！四季之晴的一百萬病能者也全都愛妳！」

四季之晴——普通人的國度，總人口約莫一百萬人。

雖然應援聲很亂來，但這是他們表達支持的方式。

由他們構成的「最強電腦」，將力量給了葉柔。

——季武，我們的夥伴，「不只五人」喔。

裏科塔說得對。

站在這邊，面對人類之敵的，並不只五人。

整個四季，都是我們的夥伴。

「就算阻止了我們又如何！」

恐懼炸彈眼中的混沌越來越深、越來越黑，就像是容納不住這些黑暗，兩道黑水從其眼中溢流出來。

「我們是不滅的，等到你們力竭而亡，人類依舊會毀滅！」

「要消失的人是妳！」

季雨冬趁著恐懼炸彈動搖之時，使用「病能者號令」，將一部分的病能者之海奪了過來！

「妳並不是姊姊大人，甚至連替代的資格都沒有！」

「閉嘴！我可是病能者計畫的最高傑作，而妳不過是季晴夏的劣等品！」

「我不是姊姊的劣等品，我就是我！」

從病化較淺的一千名祕密之堡人民下手，季雨冬用「病能號令」使其恢復了神智。

「我是那個總是羨慕姊姊，總是追尋著她的季雨冬——但那又有什麼不好的！」

季雨冬握著我的手，而我也回握她。

「我不需要改變，因為就是這樣的我才能陪在武大人身邊！」

「要是不改變，那麼人類就會滅亡！」

足以遮蔽天空的黑色蝴蝶出現，想要向上飛，但不管這些蝴蝶多想向天空飛去，都在飛到一半時被葉柔阻止，就算偶有遺漏，也被季雨冬的「刪除左邊」清除。

「要是不付出犧牲，那麼無論誰都不會得救！你們還不懂季晴夏的用意嗎？」

「妳錯了！妳搞錯因果關係了！」

製造病能者，使世界分成兩邊。

但是她的計畫，並不是要毀滅世界。

「晴姊不是為了犧牲才執行病能者計畫！她是為了犧牲之後的拯救！」

所以，恐懼炸彈出現了。

在這個敵人面前，不管是普通人還是病能者都拋下過去的仇恨，共同攜手面對。

「你怎麼知道？明明沒人理解她！」

恐懼炸彈再度推動病能者之海，但不管怎麼努力前行，都會被科塔造出的骷髏頭擋住。

「她的病能者計畫已殺盡無數人，你怎麼能肯定她不是個為了實驗而殺戮的瘋子？」

「她不是！」

我看著身旁的季雨冬說道：

「證據就是，我和雨冬還站在這邊！」

——只要有你們存在，我就知道自己是人類，而非怪物。

——我也和一般人一樣有著家人，有著珍愛的人。

——那是因為——你和雨冬，是我唯一像正常人的部分。

「不管殺了多少人、染上多少罪孽，她依然將我和雨冬看作家人！」

「就算真是如此又如何！她還不是將殘酷的命運安在你身上！」

恐懼炸彈揮動白袍說道：

「你仔細想想，你和季雨冬的人生難道不悲慘嗎？她將你們視為計畫的一部分，根本就沒讓你們為自己的命運做過主！」

以自卑感改變了季雨冬。

製造了我，逼迫我殺死季曇春。

「即使是現在，她都將『勇者』的重擔壓在你身上，要你殺死像是自己姊姊的存在啊！」

「不，我不是『勇者』。」

走到最後結局時，我身上一絲力量都沒有。

季晴夏從沒有希望我一個人獨自承擔這份重量。

「我是『理解者』。」

所以，儘管有這麼多病能，晴姊還是選擇了先製造了我。

「感知共鳴」——理解的病能。

我是最初的病能者，也是季晴夏渴望的存在。

「即使只是一點也好，晴姊希望有人能理解她啊！」

「但是，終究還是無人能觸及她！」

從所有病能者之海身上，散出了黑色的蝴蝶。

黑壓壓的蝴蝶，就像是黑色的霧一般染黑了整個世界！

「無人能打敗我們！無人能消滅這個物種！」

大量的黑蝶撞上了科塔的骷髏頭！

雖然科塔還是勉力擋住，但她的面部開始扭曲！

「要是想打贏我！就拿出殺死一半世界的覺悟來！」

恐懼炸彈再度分身，這次她幻化成了我、葉藏、葉柔、科塔的模樣！

面對和自己夥伴完全相同的存在，葉柔的刀開始出現了些許紊亂。

「那麼，就讓我殺死一半的世界吧！」

看著眼前完全被恐懼炸彈侵蝕的「季晴夏」。

我終於在這刻理解了晴姊的想法。

——**「病能者研究院的『刪除左邊』，是有意義的。」**

仔細想想，晴姊一開始就給了我們提示。

她創造了病能者，擬定了病能者計畫。

光是這兩者，就足以救世。

她根本沒有必要讓自己成為「刪除左邊」的病能者吧？

「就連我會將世界分成兩邊，都被晴姊料到了嗎？」

晴姊知道我們在得知病化的事情前，唯有將世界分成兩邊這條路可以走。

只要世界被切成兩半，那麼殺死恐懼炸彈的聖劍就已握在我們手中。

「春之曇、夏之晴、秋之人、冬之雨——此為『季武』。」

我將自己的聲音傳到剩下的一半世界。

「我有殺死『恐懼炸彈』的方法，請大家將力量分給我。」

雖然知道殺死恐懼炸彈的方法，但是我的計畫不一定會成功。
因為當知道方法的詳情後，大家不一定會冒著風險助我。
「將人類的大腦連接起來，就能得到性能優異的『最強電腦』，但我現在想做的事，是遠超那之上的事。」
就連我都明白，這是多麼自私和亂來的要求。
「我將想剩下的三十億人連接起來。」
只要大家願意變成「最強電腦」讓我使用——不，這是最後了，所以應該是「最終電腦」。
「只要有了『最終電腦』，我和雨冬就能發動最後的病能，鏟除恐懼炸彈。」
自從病能者出現後，世界變得一團亂。
追根究柢，這個世界之所以死了這麼多人，還是因為季晴夏的計畫。
剩下的三十億人都是普通人。
他們不用聽從我這個最初的病能者的指揮。

可是，要不是所有人都願意幫助我，最後的計畫是不會成功的。

「若是你願意協助的話，請你閉上雙眼，將意識保持清空。」

我感到另一半的世界在這一刻陷入沉默。

至今為止我遇過很多危機，但是我從未像現在這般緊張過。

他們真的會信任我嗎？願意將他們的大腦短暫提供給這一切的源頭嗎？

「放心吧，武大人。」

季雨冬握了握我的手，向我說道：

「如果你真的理解了姊姊大人，那麼她所期望的未來，就必定會實現。」

長長的靜默不斷持續。

相較毫無變化的普通人世界，眼前的戰況卻在此時產生了些許變化。

體力下降的科塔退了一步。

不斷淹來的病能者之海終於打破了均衡，取得了優勢。

「…………」

看著被壓制的科塔，我感到非常焦急。

要是再這樣下去，要是再這樣繼續下去——

「我被主人所救。」

此時，打破這個沉默的人，是我預想不到的人。

甦醒過來的葉藏站到了我身邊，抹掉嘴邊的血跡。

「他賜給我生存的意義和目標，從那刻起，我就決定追隨他一生。」

葉藏牽起了我的手，閉上了雙眼。

「我願意當『最終電腦』的第一個原件。」

一道光芒從葉藏身上出現。

「既然隊長都這麼說了——」

從「武」上頭，傳來了葉藏弟子的齊聲大喊！

「那麼新生『家族』一〇二人，願聽從四季王的差遣！」

這一百人在飛機上手牽手，閉上了雙眼。

「我的左眼被季武奪走，我最愛的人也因他間接而死。」

受重傷的季秋人，不知何時出現在我身邊。

「但若不是他，我甚至不會注意到我曾愛過一個人。」

閉起僅存的右眼，季秋人將手搭在了我的肩上。

「我願意成為『最終電腦』。」

「既然秋人殿下這麼說——」

所有祕密之堡的人一同向我行禮，低下頭來。

「一〇二〇堡民，聽從四季王吩咐！赴湯蹈火，在所不惜！」

——四季王，人和人之間的緣分可是比你想的還神奇喔。

此時，我的腦中響起了巫妍曾說過的話。

——這些年來，你走過病能者研究院、家族之島、祕密之堡和和之島，你遇到了許許多多的人，你締結了許多緣分，這之中或許傷害了不少人——但是也有不少人因你而得到拯救。

「病能者研究院九八九九人，聽候四季王差遣！」

可能是小院長喚醒了他們，在深海中，巫妍率領全體研究員，手牽手閉上眼。

「四季之雨兩百萬人，願聽從四季王指示！」

在天空中的和之島，所有普通人閉上了眼。

「四季之晴一百萬人，誓死跟從四季王！」

曾跟我打過架的國民，也一同閉上了眼。

「你們……」

看著這樣的情景，我不禁眼眶泛淚。

「我們也願意。」、「請一定要打敗恐懼炸彈。」、「一切就交給你了，四季王。」

就像是將小石子丟到了水池中。

漾起的波紋逐漸擴散，感染了另一半世界。

先是一個人閉上了眼，接著是兩個人、三個人、十個人、百個人、萬個人——

最終，所有人都閉上了眼，成了「最終電腦」。

一半的世界，因為這些人發出了淡淡的光芒。

「怎麼會……竟然真的辦到了——」

看著連結起來的人們，恐懼炸彈露出了不可置信的神情。

「『恐懼炸彈』！這才是病能者計畫的真正終點！」

——人們祈望的是正義必勝邪惡。

「為什麼晴姊要將世界分成兩邊？」

地球是圓的。

若是將世界切成兩半，然後又把一半的世界統整起來做為觀測者——

「那麼在『最終電腦』這個群體的眼中，剩下的一半世界——」

「不管哪裡都處於我們『左邊』！」

看著那與晴姊完全相同的面容，我不斷啟動指令！

「病能使用者——季雨冬的左手。」

「擴大連結、共用全體。」

「指定刪除對象——『恐懼炸彈』。」

這就是——季晴夏預設的結局！

「接招吧！」

緊緊握著季雨冬的左手，我們藉由「最終電腦」發動了最後的病能！

「刪除左邊！」

最終電腦身上的白光突然大盛！向著另一半世界淹了過去！

「可惡———！」

被這道白光直擊的恐懼炸彈不甘心地喊道：

「可惡啊啊啊啊啊啊啊啊啊啊啊啊啊啊啊———！」

她的存在越來越淡、越來越淡。

就算重生了，也會馬上被這道熾烈的光打散！

「消失吧！『恐懼炸彈』！」

我指著逐漸化作光粒的恐懼炸彈大喊：

「我們的認知中，不需要妳的存在！」

白光越來越盛大！就好像整個世界都變成了白光本身。

不管是病能者之海還是最終電腦，都被這股白光吞沒，消失在一片虛無中。

……

…………

………………

這裡是哪裡？

我佇立在一片雪白中。

不管是哪個方位，都空無一物。

我死了嗎？

病能者大軍怎麼樣了？

最後的刪除左邊有成功除掉恐懼炸彈嗎？

滿腹疑問的我不斷走著。

但是，不管走到哪兒，還是什麼都沒有。

──咚。

此時，突然地，我的肩膀被輕輕拍了一下。

我轉頭一看，結果看到了一個我一直苦苦追尋的存在。

「晴姊……」

在我面前的，是沒有左手，雙眼一片清明的季晴夏。

她手扠著腰，微笑看著我。

「晴姊，至今為止妳都跑到哪兒去了？」

「……」

「妳知道嗎？不管是我還是雨冬，都在等著妳回來喔。」

「…………」

不管我跟她說了多少話，她都沒有回應。

她只是專心地看著我的雙眼，就像是想將我的面容刻在自己眼中。

過了良久良久後，她用僅存的右手拍了拍我的肩膀，像是要說「我做得很好」。

一言不發的她，就這樣毫不眷戀地轉身離開，漸行漸遠。

「晴姊，我終於明白了！」

我想要追上去，但是不管怎麼努力跑，我和晴姊之間的距離還是拉得越來越遠。

「聽我說啊！晴姊！」

不管我怎麼喊，季晴夏都沒有回過頭來。

是的，這就是她。

不管是誰都無法阻止她前行——就連她自己都無法。

「我、我是個愚蠢的弟弟。」

直到最後一刻，才終於理解妳在想什麼。

「妳殺了很多人，妳將世界搞得天翻地覆，我想沒有任何一個人會願意原諒妳。」

可是，當病能者計畫結束的那刻，妳什麼都沒拿到。

妳將自己變成了病能者的材料。

妳將自己變成了大家恐懼的記號。

最後，妳甚至以世界之敵的身分，被所有人消滅。

那麼，妳是為了什麼這麼做的？

妳究竟是為了什麼才拯救人類的？

「妳是為了……我和雨冬……」

就跟南一樣。

「即使背負這麼多罪惡，妳也想創造一個我和雨冬能安心生活的世界……」

為了我和雨冬的未來，妳才擬定了病能者計畫。

「回答我啊！晴姊！」

眼淚不斷從眼中落下。

「是不是就像我說的那樣？」

不斷地走，直到走到什麼人都沒有的所在。

但是晴姊的心中依然有著我和雨冬。

季晴夏依然沒有回答我的問題。

她只是不斷地往前走。

「不要走！晴姊！」

季晴夏的背影越來越淡。

「不要走啊——！晴姊————————！」

最終，在要消失前的一刻——

季晴夏終於停下腳步。

側過臉，她對我露出了淡淡地微笑。

「謝謝。」

她對我，這麼說道。

等到我回過神來，我已回到了原本所在的地方。

病能者之海全員躺在地上，身上已沒有奇怪的黑霧。

過了不久後，這些人緩緩甦醒，露出了疑惑的神色。

「春之曇、夏之晴、秋之人、冬之雨——此為『裏科塔』。」

緊握手中的扇子，裏科塔向全世界發出了聲音。

「在普通人和病能者的協力下，『恐懼炸彈』已死，就此消失無蹤。」

我看向前方，原本恐懼炸彈所在的空中已空無一物。

原本被黑色蝴蝶掩蓋的陽光驅散了厚重的雲層，灑在每個人身上。

「我是裏科塔，僅說實話的存在，我在此宣言——」

「從今以後，不管是病能者還是普通人，都不用再害怕腦中的『恐懼炸彈』了！」

「萬歲————————！」

整個世界響起了巨大的歡呼聲！就像是要把世界掀翻！

所有人都激動得又跳又叫，彷彿是瘋了一般。

一時之間的忘我，甚至讓部分病能者和普通人抱在了一起。

「武大人。」

我身旁的季雨冬，向我說道：

「真是太好了呢。」

「是啊。」

——**當我生時，一人哭，眾人笑；當我死時，一人笑，眾人笑。**

「晴姊，妳所期望的事實現了喔。」

所有人都因為妳的死而露出歡笑。

只是，什麼事都料中的妳，還是有著沒想到的地方。

「嗚、嗚……」

我身旁的季雨冬雙手掩面，從她的指縫中，流露出了無法抑止的哭聲。

「嗚啊啊啊啊啊啊啊啊啊啊————！」

聽著季雨冬的哭聲，我也跟著落下眼淚。

晴姊，妳的願望並不算完全實現。

就算所有人都為妳的死而開心——
這邊還是有兩個人為妳流著眼淚喔。

終章

後日談　葉柔之卷

在最終之戰過後十天。
「姊姊，妳也要去旅行嗎？」
「是啊。」
「要是妳也跟四季王一樣去旅行，四季上就沒人陪我了。」
我——葉柔一邊批著推積如山的公文，一邊嘟起嘴埋怨：
「這樣我會寂寞的。」
「真是難得啊，葉柔妳竟然會說出這種像是撒嬌的話。」
「面對自己的姊姊撒嬌有什麼不對？四季王也說過我這樣很好。」
「雖然這樣的葉柔確實是很可愛啦……」
葉藏抱起雙臂，皺了皺眉頭。
「但是我這輩子好像沒有被妹妹依靠過，我想我必須先適應一下。」
「……」
被人撒嬌還要先適應一下？

才剛剛覺得姊姊變得可靠了，但是骨子裡果然還是沒變。

「不過這公文的量是怎麼回事?也太多了吧?」

葉藏看著那搖搖欲墜的公文山說道：

「自從最終決戰結束後，葉柔妳就幾乎沒睡過吧?這樣身體沒問題嗎?」

「我還是有小睡一下啦……在翻下一件公文時的幾秒鐘有閉上眼。」

「……那能算是睡嗎?」

「這也沒辦法啊。」

雖然恐懼炸彈被清除了。

但是還有很多事情必須解決。

「病能者和普通人之間的仇恨尚未清除，在最終決戰中所造成的傷害也必須修復。」

所以，世界目前還是隔成兩邊，由恐懼結界做管理。

「要是稍稍鬆懈，四季王拚死拿到的和平就會瞬間崩解喔。」

「不過葉柔，反正在主人離開的現在，妳已是四季之晴的實質治理者，妳為何不乾脆坐上王位算了?」

「我才不適合當王呢。」

「曾當過族長的傢伙說這話一點說服力都沒有喔。」

「四季之晴的王永遠是四季王，我只要當個輔佐就好。」

「嗯……」

不知為何，葉藏突然瞇起眼打量起我。

盲眼的我本該不知道她做了什麼，但不知為何，注視致命的病能突然生效，讓我看到了葉藏的舉動。

心中感到不妙的我有些慌張地問道：

「做、做什麼？姊姊，竟然這樣看著我。」

「我在猜想啊，妳之所以不坐上王位──」

「是不是認為只要一直空著王位，終有一天季武就會回來？」

「──────！」

我感到血液瞬間往腦袋湧，臉熱得就像是要燒起來一樣。

「才、才沒有呢……」

「而且，妳之所以不跟著季武去旅行，我猜理由應該是……妳想把四季之晴打理好，讓他能隨時回來？對吧？」

「我、我……」

「這種感覺，就像是妻子打理好家裡，等待遠遊歸家的丈夫呢──」

「姊姊，妳不要再說了！」

「姊姊，妳不要再說了！」

隨著葉柔的大喊，如山一般的公文從天空轟然倒塌。

我面前的葉柔臉紅得就像是顆蘋果一樣。

就算同為女人，我也覺得自己的妹妹真是可愛的過分。

「原來如此，這就是我缺乏的女性魅力嗎？」

我默默地在心中筆記，列為之後必修的課題。

「咳咳……」

就像是掩飾剛剛的失態，葉柔趕緊端正坐姿，轉移了話題問道：

「不過姊姊，妳說妳要去旅行，究竟是要去哪些地方呢？」

「就和過去一般，和弟子搭乘『武』，到處行俠仗義吧。」

「姊姊要是之後需要什麼後勤上的支援，請記得要跟我說。」

「我會的，那麼首先——」

我以再也認真不過的表情說道：

「先給我幾個高性能的竊聽器和GPS定位器。」

「……………………為什麼行俠仗義需要這些東西？」

「因為我打算『只』在主人方圓一百公尺內旅行。」

「…………」

「不管他到哪兒，我就跟到那兒，然後把他附近的邪惡全部鏟除光。」

「這種範圍極度限縮的旅行……與其說是旅行，不如說是很像某種叫作跟蹤的行為。」

「哈哈，葉柔妳真愛說笑，這怎麼會是跟蹤呢？我只是想讓主人四周完全沒有任何悲傷之事而已，這就跟鋪紅地毯在貴賓即將走過的路是同等意思。」

「姊姊果然不管成長多少，都還是姊姊呢……」

「當然啊！我永遠是妳的姊姊！」

「不，我剛那句話不是這個意思……」

不知為何，葉柔露出難以言喻的微妙表情。

「如果被四季王發現怎麼辦？」

「那就裝作是巧遇吧。」

「姊姊有辦法做出這樣靈巧的事？」

「那就坦承我在做什麼吧，反正主人應該不會介意的。」

「怎麼可能，只要是正常人，應該都會介意的吧？」

葉柔嘆了口氣，拿起桌上的水輕啜了一口。

「主人一定能理解我的用意的，畢竟——」

我以淡然的口氣說道：

「我都跟他告白了啊。」

——噗！

「啊！葉柔妳做什麼啊！竟然把水吐了出來！」

「姊姊姊姊姊姊姊——妳剛剛剛說什麼？」

「妳還好嗎？葉柔。怎麼動搖成這樣？」

「這不重要！妳剛剛說妳跟四季王怎麼樣了？」

「告白啊。」

「妳、妳妳喜歡他？」

「嗯，很喜歡。」

我抬起頭，以認真的雙眼看著葉柔說道：

「他是我想要共度一生的對象。」

後日談　科塔、裏科塔之卷

「他是我想要共度一生的對象。」

聽到葉藏這麼說，我——裏科塔趕緊躲到牆後。

本來是因為有國務要找葉柔討論才來到這邊的，沒想到聽到了這麼有趣的事。

聽到葉藏的宣言後，葉柔微微張著嘴，就像石化般一動也不動。

「科塔，妳怎麼看？」

我和體內的半身——科塔進行對話。

「妳覺得葉藏有希望嗎？」

「無限期支持葉藏姊姊。」

「身為曾是他們母親的存在，心情真是複雜，我究竟該支持哪一邊好呢？」

「無限期支持葉藏姊姊。」

「我說啊，妳又不是NPC，別一直重複同一句話啦……」

不過還真是和平啊。

幾年前，誰會想到我能和這對姊妹重逢，又和死亡錯覺的病能者共享一具身體呢。

「科塔啊，我一直想問妳一個問題。」

恰巧我的前面有一面大鏡子，我對著鏡中的自己問道：

「若是哪一天有辦法消滅我，妳要不要將我去除，獨自使用這個身體？」

「嗯？」

鏡中的科塔，歪了歪頭，似乎不解我為何要問這個問題。

「要不是我使計，強自占據了妳的身體，妳也不會變成現在這副模樣。」

我揮動手中的扇子。

「既然世界已漸趨穩定，那我就沒有繼續存在的必要了吧？」

「我不懂太難的事……」

科塔面無表情地抱起雙臂。

「但是世界尚未和平吧？」

「…………」

「而且，我也無法治理四季之雨。」

「……妳就不想有完整的身體嗎？」

或許，我是想贖罪吧。

雖然我知道這只不過是自我滿足。
我對這個女孩子做了很過分的事，不過怎麼彌補都無法償還這份罪。
「真要說的話是想吧，但是——」
科塔放開雙臂，微笑道：
「我更想幫上葉藏姊姊和季武哥哥的忙。」
科塔清澈的眼神中，有著比我更加真實的直率。
「維持現狀，對他們兩個人的幫助比較大吧？」
「妳就不怕哪天我再度跟以前一樣，將世界弄得天翻地覆嗎？」
「那時，我會跳出來阻止妳的。」
鏡子的科塔，向我伸出了手。
「雖然我不完整，但妳也同樣不完整吧。」
一個曾奪走無數病能者的性命，一個光是存在就足以讓人致命。
「當我失控時，就輪到妳阻止我了。」
隔著鏡子，我們觸碰彼此。
「這或許就是『我們』存在的意義。」

後日談　雲悠然之卷

「這或許就是『我們』存在的意義。」

在天花板睡覺的我，聽到科塔她們這麼說，忍不住伸了個懶腰醒來。

「『世界之聲』，那我們存在的意義是什麼呢？」

「嗯……搞笑擔當？」

我的腦中，響起了「世界之聲」的回應。

「是這樣嗎？」

我歪了歪頭。

「這次拯救世界，不都是靠著我的活躍嗎？」

「妳是怎麼修正自己的記憶的？也太方便了吧？」

「難道妳的意思是我在『家族之島』裡睡著，等到我起來時，最終決戰就結束了嗎？我有這麼沒用和粗神經嗎！」

「不，這就是事實啊。」

「世界之聲」難得地和我聊了起來。

「我猜大概很多人期待妳大顯身手吧，結果妳什麼都沒做呢。」

「還不是你叫我什麼都不要做。」

「是啊，妳什麼都不要做對大家才是好的，就算妳發現什麼，妳也不要說出去。」

「若這是祢的祈望，那我當然會遵從。」

我戴上背後的連帽外套，在所有人都沒察覺的狀況下走出了四季之晴的王宮。

「畢竟我是祢的奴隸。」

我一邊尋找適合睡覺的地方，一邊在四季之晴中奔跑著。

「事實上，我從沒有說過我想支配妳喔。」
「但是祢不是要求我一定要聽祢的話？」
「是啊。」
「這聽起來就是支配的意思。」
「是這樣嗎？啊，對了，前面應該有一片草原，就麻煩妳到那邊吧。」
不知不覺間，我已跑到了郊區，舉目所見皆是綠色的草皮。
我躺了下來，在青草色的包圍下闔上了雙眼。
「雲悠然。」
不過，即使遵照祂的指示，「世界之聲」還是沒放過我。
「什麼事……？」
我半睜著眼，以想睡的表情表達我的不滿。
「在妳眼中，妳覺得季晴夏是怎樣的人呢？」
「不管是怎樣的人，都跟我沒關係。」
即使世界或是人類要毀滅，都跟我沒關係。
「毫無追求的人生，甚至不能算是活著喔。」
「別小看我啊，我當然有追求啊。」
「妳想要什麼？」
「寢具、枕頭、睡衣、供我使喚的僕人之類的。」
「那麼，除了物質類的事物外，妳就沒有想要完成的人生目標嗎？」

「我想要被支配。」

「……」

「畢竟自己思考和做決定實在太麻煩了。」

我打了個呵欠。

「所以，我已達成了我的人生目標。」

我緩緩閉上雙眼，讓自己陷入沉睡。

「被祢綁住一生，是我人生中最為幸福的時刻了。」

後日談　季秋人之卷

「被祢綁住一生，是我人生中最為幸福的時刻了。」

一陣微風吹了過來，隱隱帶來了這句話。

但是不管怎麼四處察看，我都只看到了一片綠意盎然的草皮。

「是南姊在跟我說話嗎……？」

若是如此，我會很開心的。

「南姊。」

我雙手合十，低頭祈禱。

這片草原和祕密之堡外頭有點像，所以我將她葬在這邊。

「我曾想過將妳帶回祕密之堡，和曇春姊葬在一起。」

但是，那邊曾儲存季晴夏的祕密，至今仍有不少人為了各式各樣的理由前往該處，想要挖掘無人能發現的寶物。

「我不想要妳之後的人生還被打擾。」

妳生前總是為了他人奔波，也總是為了他人而受傷。

至少死後，希望妳能平靜地度過。

「祕密之堡的人堅持要追隨我，不管我怎麼趕都趕不走，甚至還有人生氣地向我說道『我們怎麼可能放你一個人！』」

真是奇怪，明明沒有一同相處多少時間。

但只不過有了季曇春，我們就可以成為家人。

「我還沒想好之後要做什麼，但是應該會和他們暫時一同生活。」

自從南姊過世後，我一滴淚都沒流過。

並不是不想為她哭泣，但是眼淚就是流不出來。

這到底是怎麼回事呢？

「季秋人，你在這兒啊，讓我找了好久。」

此時，一個長得和我一模一樣的人出現，手上拿著一束鮮花。

「……你來做什麼？季武。」

「我也受到南不少照顧，在旅行開始前，我想先來獻個花。」

季武來到南的墓前，將花擺了上去。

他未獻花的手緊緊握著，就像是在忍耐心中激動的情緒。

但是他不斷顫抖的下嘴唇還是背叛了他，將他為南的悲傷盡皆顯露。

真是古怪。

就連季武都做得到的事，為何我做不到呢？

「季武。」

「嗯？」

「聽說你要去世界各地旅行？」

「是啊，不知道會旅行多久。」

「為什麼要去這趟旅行？」

「因為想要理解更多事情。」

季武看著不知何處的遠方說道：

「若是理解更多事情，說不定我就能接近晴姊。」

「還是不要觸及無法碰觸到的事物比較好喔。」

看著南的墳墓，我以平靜的口吻說道：

「要是勉強自己追尋，最後只會落得什麼都沒有的下場。」

「……………」

季武打量著我，一言不發。

仰天沉思一會兒後，他像是下了決定一般將手伸進衣服的口袋中。

「季秋人，這個給你。」

他遞給我的，是一封信。

「這是什麼？」

「是南給你的信。」

「南姊的……？」

「她拿給我這封信時，有特別拜託我，要我視你的狀況，再決定要不要給你。」

「什麼意思？」

「意思是，她自己也不知道該不該跟你說這些話。」

季武強自將信塞到我的手中。

「但是，我覺得她應該要說——而你也應該知道。」

南姊究竟寫了什麼給我？

奇怪的是，埋葬她時都沒有抖的手，在拆信時卻開始顫抖。

「事到如今……」

在已經結束的現在，究竟還有什麼好說的呢？

秋人——

信中的字並不多，我順著自己的名字往下看——

我想，我是愛你的。

「…………」

但是，我不想讓你知道。

——滴答。

幾滴水打在信紙上。

奇怪？下雨了嗎？

我抬起頭一看，結果發現天空一片萬里無雲。

因為若是你知道了我的心意——

——滴答、滴答。

信紙上的水珠越來越多，幾乎都要讓我看不清上頭的字了。

那你不就會看清自己對我的感情嗎？

「嗚……」

眼淚完全模糊了我的視線。

我緊緊捏著信紙，終於發現了是怎麼回事。

我之所以無法為南姊哭泣，是因為我的心中深處早就明白，我對南姊抱持著超越姊弟的情感。

但是直到最後一刻，南姊都不讓我將這份心意說出口。

「我以為……妳只把我當作弟弟……」

要是真的為妳而哭，那想必會造成妳的困擾吧。

所以，我忍住了淚水。

我不想讓妳知道，我的淚水是為深愛之人而流的淚水。

「南姊，我也喜歡妳。」

在她的墳前，我單膝跪下。

「在妳生前沒說過的話，請讓我在此向妳述說——」

舉起季武在墳上的花，我彷彿求婚似地說道：

「如果妳願意的話，請妳拋開姊姊的身分，成為陪伴我一輩子的家人吧。」

後日談　季雨冬之卷

「如果妳願意的話，請妳拋開姊姊的身分，成為陪伴我一輩子的家人吧。」

看著眼前的場景，我悄悄地走到季武身後，拉著他的衣服。

「該走了，武大人。」

接著的時間，就留給季秋人和南吧。

季武點了點頭，和我一同轉身離開。

「接著我們要去哪兒呢？」

「嗯……我心中已經有了一個目標了。」

卸掉四季王職責的季武，頭上已沒有了王冠。

但是，他身上依然穿著和晴姊同款的白袍。

「不過話說回來，明明本來是同一個人，怎麼季秋人就這麼有男子氣概呢？」

我將雙手背在背後，故意唉聲嘆氣說道：

「剛剛的求婚臺詞，要是有誰對奴婢說就好了。」

「…………」

我微微睜開單眼，偷偷瞧著季武，只見他露出有些不知所措的神情。

我不禁心中暗笑。

不管歷經多少事，不管成長多少，他依然是那個我熟知的季武。

「武大人不用回答我的心意也沒關係的。」

我開心地挽住他的手臂。

「能和武大人一同旅行，已經很讓奴婢雀躍了。」

雖然這麼說，但其實內心深處我有些害怕。

我既自卑又小心眼，也容易記仇。

這些年來，季武身邊出現了許多出色的女孩。

就算以我的眼光看來，也覺得這些女孩遠比我優秀。

若是真以季武的幸福為考量，他實在應該跟這些人在一起的。

「雨冬，就算是到了現在，妳還是會這麼想嗎？」

季武認真地看著我問道：

「只要不要期望，就不會感到失望？」

「…………不，並不是如此的。」

我已跟過去的我不同了。

就是因為有了期望，所以才變得膽小。

人和人之間的距離，比想像中還遙遠。

就算是親密的家人，也無從知道她的想法。

就連我一直苦苦追趕的季晴夏，在最後的最後，理解她的人都不是我。

那麼，我又要怎麼知道季武對我是怎麼想的呢？

一念及此，我心中的不安就陡然膨脹。

我想就算現在季武要回應我的心意，我也會掩耳逃走吧。

「雨冬。」

季武突然停下了腳步。

「怎麼了，武大人。」

「我曾向妳起過誓，只要永遠不讓妳失望，那麼想必妳就會鼓起勇氣期待一些事。」

季武不知為何繞到了我面前。

「但是，在發誓之後，我一直沒有做好。」

「武大人已經盡力了，你做得比誰都好。」

「不，我沒有把晴姊帶回來，也沒有讓我們三人重聚，我終於明白，不管我怎麼努力，做不到的事就是做不到。」

「嗯。」

就跟季雨冬不管多努力，都不會變成季晴夏一樣。

「但是——做得到的事情，就該去努力做到。」

一個硬物突然出現在我的左手指處。

「咦？咦？」

我低頭看著左手無名指的戒指，簡直不可置信。

「雨冬，我已不是以前那個被動的季武囉。」

「……」

「如果晴姊的事沒解決，我們兩個就不能得到幸福——這毫無疑問是錯的。」

「…………」

「我們兩個的幸福，就是僅屬於我們兩個的東西。」

「可是、可是我……」

我自己也不知道我想說什麼。

但眼淚就這樣不受控制的從我眼中流了下來。

我想，那一定不是因為悲傷的關係。

「我想告訴妳，也想讓晴姊見證。」

季武在我面前，單膝跪下。

「這就是我的男子氣概——也是我的心意。」

「如果妳願意的話，請妳拋開婢女的身分，成為陪伴我一輩子的家人吧。」

後日談　世界之聲之卷

「如果妳願意的話，請妳拋開婢女的身分，成為陪伴我一輩子的家人吧。」

聽到這句話，躺著的雲悠然突然睜開了眼。

「真是太好了呢，世界之聲。」

面對季武的求婚，季雨冬雙手掩面，開心地流下了淚水。

我看著眼前的情景，不禁露出了微笑。

「祢就是為了看到這一幕，所以才叫我來這邊的吧？」

「沒錯。」

「真的是所有事情都如祢所料呢。」

「我並沒有想要掌控世界，只是我預想的未來，沒有一件會落空就是了。」

「那麼，季武他什麼都沒發現，也在祢的預料之中嗎？」

「妳指的是什麼？」

「『禮物』靠著病能者做為能源飛行，但是那時在『禮物』上的，只有我和季武。」

「嗯。」

「而幾乎要力竭的季武，根本就沒有餘力分出體力給『禮物』吧？那麼，『禮物』是靠著什麼在飛行的呢？」

「不是靠著雲悠然妳嗎？」

「祢明明知道不是的，我又不是病能者。」

「那麼，究竟是怎麼回事呢？」

「答案很簡單，因為那時在『禮物』上的人，不只『兩個』。」

雲悠然伸出手手。

「提供『禮物』能源的，就是『世界之聲』祢，只是誰都沒發現這事。」

「妳說的好像我是病能者似的。」

「祢就是病能者啊。」

雲悠然戴上身後的帽子。

「一直藏身在季武一行人身邊，若有似無的以『世界之聲』之名干擾他們的行動，讓他們照祢的想法走向預設的結局。」

變身成認真模式的雲悠然，以淡然的雙眼看著我說道：

「我沒說錯吧，『世界之聲』——不。」

「『季晴夏』。」

後日談　季晴夏之卷

「『季晴夏』。」

面對雲悠然的目光，我露出微笑。

「說真的，為何妳可以認知到我啊？」

明明我的存在已徹底被刪除。

「我也不知道，真要說的話，應該是『直覺』吧。」

「第六感嗎？」

「唯有感官特別敏銳的人，可以聽得到妳的聲音，但也不知道是不是妳待在我身邊太久的關係，我現在連妳的身影都看得到了。」

「光是看得到，就已是無人能達成的成就喔。」

「不過也僅是看得到而已，碰觸似乎就辦不到了，就算碰了也一點感覺都沒有。」

「妳還真是神祕的存在，都讓我起了想要好好研究的欲望了。」

「若妳這麼吩咐的話，我當然願意，畢竟我是妳的奴隸。」

雲悠然張開雙手，面無表情地說道：

「不過若要解剖我，我希望是在我睡覺時。」

「我才不會解剖人呢。」

「明明用病能者計畫殺了那麼多人？」

「那又如何？」

我右手扠著腰說道：

「要不是病能者計畫，這個世界也不會得救吧？」

我不懂人類的情感，所以，對死了那麼多人，我的心中一點悔意都沒有。

在我眼中，事情只有分該做和不該做兩種。

既然沒有人願意讓人類存續下去，那就由我來。

「不過，妳不是在家族之島時，就變成病能者的材料了嗎？為何現在還存在於世？」

「事實上，從那刻起，我就不能算是存在了。」

我本來確實是要把自己當作材料的。

但是，即使對自己有著非凡的自信，我依然不能肯定世界會照我所想發展。

「所以，那時放入最強電腦中，散布到全世界的病毒，是『季晴夏的複製體』。」

在最後一刻時，我突然轉變想法，讓自己活了下來。

不過，雖然只是放入自己的複製體，但就在病能者計畫成功的那刻，「季晴夏」還是等同於病能者這個物種了。

一個人和一個物種畫上等號，這已超出人類理解的範疇。

——不可理解。

「因為沒有人能理解我，所以再也沒人能認知到我。」

不管是我的聲音、氣味、體溫、身影，都再也無法進入到人類的認知中。

就算有人碰觸到我，也無法感知到我的存在。

「也就是說，妳雖存在，但是誰都認知不到，就跟完全的隱形人一樣？」

「沒錯。」

「可是，為何院長在祕密之堡外還是看到妳了？」

「因為她不是人類。」

身為程式的她，不是人類。

僅存實話的她，確切的看到了我的身影。

「那次，算是我唯一一次露出的破綻吧，我沒想到她能將我看得如此清楚。」

不過就算看得到我，她也無法影響我的計畫。

雖然由我製造，但院長確實曾成長到足以和我並肩。

唯有捨棄人類之道，才能理解非人類。

「只是，後來院長變成了科塔，因為再度回到了人類身分，所以她再也無法認知到我。」

唯一的不安因子被清除，我再也沒有任何需要擔心的事。

「無法被任何人認知到，這真的能算作存在嗎？」

「當然算是存在。」

雖然不管怎麼說話，都不會有人聽到。

雖然不管靠得多近，都不會有人察覺。

但是，我還是存在。

——存在於一個人都不在的地方。

「只要病能者計畫能成功，那就算孤獨一世，那又有什麼好在意的呢？」
「真是讓人難以理解啊。」
「我不需要任何人的理解。」
「既然不需要任何人理解——」

「那妳為何總是待在季武和季雨冬身邊？」

「……………」
「雖然他們看不到，但我可是看得一清二楚。」
雲悠然看著我說道：
「妳一直待在這兩人身邊，在他們陷入危機時出手相助。」
在季武陷入危機時，以世界之聲的身分給予提示。
在季雨冬身負重傷時，悄悄地幫她進行治傷和恢復。
這一切都是因為——
「因為病能者計畫完成，他們兩人的存在是必不可少的。」
「既然妳這麼說，那就是如此了吧。」
就像是把該說的話都說盡，雲悠然重新躺了回去，拉了拉帽子，讓陰影蓋住了她的雙眼。
「自從家族之島後，妳就一直在他們身邊吧？但他們連妳為他們做了什麼都不知道——就連看妳一眼都無法。」

「我並不是為了讓他們知道才這麼做的。」

「但是之後的日子，這狀況只會更加雪上加霜。」

第一次地，我看到了雲悠然表達了屬於她自己的情感。

就像是為什麼事而嘆息，她仰天嘆了一口氣。

「除了我之外，妳將消失在所有人的認知中——再也沒有挽救的辦法。」

雲悠然說得沒錯。

結局已註定。

本來我就超出了人類理解，得到了無人能認知到的懲罰。

在病能者計畫成功後，恐懼炸彈以我的形象重現於世，接著在所有人面前被清除、殺掉。

「在普通人和病能者的協力下，『恐懼炸彈』已死，就此消失無蹤。」

當裏科塔這麼說時，我等於又被殺了一次。

——季晴夏已消失，再也不存在於這世上任何一個角落。

現在所有人的腦中，都有著這樣的認知。

「這也是計畫的一部分。」

我就等於「恐懼炸彈」。

要是再被任何人看到，那麼好不容易完成的病能者計畫就會出現失敗的裂痕。大家會誤以為「恐懼炸彈」沒有清除乾淨。

「所以，我不該被認知到——也不可以被認知到。」

「以自己的存在做為祭品，妳成功地消弭了『恐懼炸彈』，但是，它真的會就此消失嗎？」

「這是人類的原罪，只要人殺人的事持續發生，那終有一天，『恐懼炸彈』會以別種形式出現吧。」

「那妳做的事豈非毫無意義？」

「至少我存在時，世界可以不受此原罪所害。」

「只要妳存在是嗎……」

雲悠然看了我一眼，又看了一眼遠方的季武和季雨冬，露出了想說什麼的表情。

但最終她還是什麼都沒說。

不過不管她要說什麼都沒關係。

我有自信，我的一切行動都是正確的。

就是因為正確，所以才能走到這樣的好結局。

我露出了笑容。

沒有愧疚、沒有罪惡、沒有滿足、沒有喜悅、沒有憤怒——我的笑容中什麼都沒有，宛如純白。

「那麼，接著妳要去哪兒呢？被所有人抹殺掉的存在？」

「我也不知道。」

暫時，我沒有目標了。

也不用再待在季武和季雨冬身邊了。

但是就算沒有要追尋的未來——

「我也依然會往前走。」

我邁開步伐，大步向前走。

我從季武和季雨冬兩人身邊掠過，但他們完全沒有察覺。

白袍被風吹得劈啪作響。

眼前的白光散開，看起來像是無數隻光之蝴蝶。

「我不會後悔、不會悲傷，也永遠不會流下淚水。」

我只會以這樣的笑顏朝著前方不斷前行。過去如此，現在如此，未來也會是如此。

所有事都在我的理解中，沒有任何事出乎我的意料之外。

我雖理解了所有事物，卻沒有任何事物可以理解我。

不過，我也不期待有人和我走到一樣的地方。

畢竟，這裡什麼都沒有。

實在是無趣至極——

——啪。

「咦？」
我的手突然被握住。
怎麼可能……
就連雲悠然，都無法碰到我啊？
第一次，我的心中冒出了連我都不理解的心情。
我緩緩轉過頭去——
「找到妳了，晴姊。」

後日談　季武之卷

「找到妳了，晴姊。」
我早就料到了。
如果是季晴夏，必定會來見證我和季雨冬的最後結局。
要是沒有確定我們兩人已經得到幸福，她是不可能放心離開的。
「但是，問題來了。」
被所有人的認知刪除，就意味著無人能觸及她。
不管是五感共鳴的我、僅存實話的院長還是第六感的雲悠然，都辦不到此事。
「可是，還是有一個人可以碰到妳。」

我露出笑容，和身旁的季雨冬相視而笑。

「那就是『妳自己』。」

拉住季晴夏的，是季雨冬的左手。

「是否讓妳大吃一驚了呢，晴姊？」

我暫時沉默了下來，等待回應。

但不管怎麼仔細傾聽，我都聽不到除了風聲以外的聲音。

「晴姊，現在的我還無法理解妳。」

雖然沒有回應，眼前也什麼都沒有。

但是我和季雨冬知道，她的左手已經拉住了某種東西。

——那是我們苦苦追尋多年，才終於找到的珍貴存在。

「但是，我會去世界各地到處看看。」

如果妳曾是病能者這個物種，那我就去理解所有病能者。

「終有一天，我一定能靠著理解認知到妳的。」

所以——

「不要走！」

我使盡全力大喊！

「晴姊，不要走————————！」

這次，待在我們身邊！

雖然拯救了世界，雖然我曾經當上了王。

但我和雨冬的願望，打從一開始就沒變過。

「三個人在一起吧！」

就算沒有人能理解妳——

「但在我們的理解中，妳永遠是我和雨冬的姊姊！」

不管等待多久，我都聽不到季晴夏的回應。

但是——

季雨冬的左手，突然被某種東西回握住。

十指相扣的兩隻手緩緩上拉，最後停在了兩個人的胸前位置。

「真是的……」

我彷彿聽到了晴姊這麼說。

她將頭靠在季雨冬身上，閉眼露出了微笑。

「就算預料到了所有事情——」

「我還是料不到我會被自己的弟弟和妹妹抓住呢。」

（完）

後記前半

各位好，我是小鹿。

《深表遺憾》走到最後一集花了三年，很感謝各位讀者陪伴我至今（跪下）。

看到這麼正經的後記請別懷疑你的眼睛，這就是我的真面目。

只是長年為了銷量和出版社的要求才扭曲自己個性扮個小丑，我是多麼委屈。

總之呢，如果大家想看一如既往的胡鬧後記，請去看特裝版的設定集，因為機會難得，我讓所有角色在後記中說話了。

雖然我不懂為何特裝版是作家負擔最大，合理懷疑是編輯的挾怨報復。

不過難得最後一集，請讓我在這集的後記說點正經話吧。

其實《深表遺憾》本可以不用這麼早完結的，要是真的慢慢寫，寫個十集應該不是問題，銷量應該也還可以支撐。

但是我想給大家一個最好的閱讀體驗。

這個系列在一開始寫時，就已想好了結局。

我一點一滴的在各集中埋下伏筆，然後在最後一集一口氣解謎。

要是集數太多，大家應該都忘了前面幾集在做什麼吧？所以我在猶豫了一會兒後，決定不拖戲，直接邁向終點。

希望大家喜歡最後一集，要是有興趣的人，也可以翻翻前幾集，其實不少小地方都埋了伏筆，可以去尋找一下。

最後，必須鄭重的感謝尖端出版，還有總是畫出美圖的 Mocha 老師。

當然，也要感謝處理過這系列中的三位責編——帶我入門的陳責編，承接的梁責編，以及一同邁向終點的曾責編。

雖然常常開編輯玩笑，但我覺得能遇到這些編輯是我的福氣，要不是他們的努力，《深表遺憾》這系列不會這麼成功。

這系列完結後，接著我會做什麼呢？

以下一一為各位報告。

一、推理要在殺人後三，也是該系列的完結篇會在今年年底出版。

二、新的系列會跟出版社提案，會是什麼類型的故事尚未決定，但我想把各位粉絲的意見納入參考。到時會在網路上做個問卷調查，若不嫌棄的話，請隨時關注我的臉書並填寫。

三、這件事應該是最重要的，我運用這些年的積蓄，做了一款文字冒險遊戲，想要把自己的故事包裝得更好，讓更多人看見。

花了很多時間、心力和金錢，目前預計二〇二〇的暑假會做完。

到時若是製作成功，可能會需要大家的指教和幫忙。

在此懇請大家的支持（跪下）。

也請各位願意的話，請臉書或是ＩＧ加我好友（小鹿），或是關注我的粉專（小鹿——是粉專名的縮寫），若是沒有回應請傳訊息給我，可能因為太多申請漏掉了，臉書會有更多最新情報，也請大家持續追蹤。

正事終於交代完了。

最後，想跟大家說一些私事。

我一向很少在後記說自己的事，因為我覺得不該讓作家的形象影響到大家的閱讀感。

我不希望「小鹿」影響到《深表遺憾》。

不管你們從故事中感受到什麼，那都是屬於裡頭的角色，不該有著小鹿的影子。

但是儘管如此，還是發生了我不得不寫的事情。

所以接著的後記，充滿我個人的私心——甚至可以說是我為了寫這篇後記，才努力至今的。

若是你看完《深表遺憾》這個故事，想要暫時沉浸在其中的，我建議你們不要繼續看完後半部的後記，請去看特裝版中的後記吧。

就算把後半部的後記封印起來一輩子不看，那也沒關係的。

為了防止大家誤踩地雷，接著，請先看看 Mocha 老師的超美完結賀圖～～

THANK YOU
感謝!
Mocha
2019

後記後半

一直有在關注我動態的讀者應該有注意到，我一直都是以兩、三個月的頻率在出書的，但就在二〇一七年年末到二〇一八年的年初，我的出書突然停了下來。

那是因為我多了一個家人，有了一個兒子。

這是我第一個孩子，我非常開心。

興奮的我將兒子的照片上傳到了臉書中，粉絲稱他作小小鹿，至今可能還有部分粉絲記得這事。

我想為人父母都是傻的吧。

明明時候還沒到，但總是想很多。

那時看著剛出生的兒子，我悄悄在心中許了個願望。

「希望他之後能選擇自己喜歡的路。」

我是一路讀書長大的，後來也因為成績不錯得到了份不錯的工作。

但其實我的夢想一直都是當個作家。

所以即使上班忙碌，我都還是努力的寫書和出書，把它當作自己的夢想經營。

希望哪一天我可以靠寫作而活，也希望哪天只要掛上我的名字，就會有人願意看我的故事。

我不知道我能為孩子做什麼，但至少我希望他長大後，他有選擇的權利。
在照顧他的同時，我悄悄地立下決心。
想要為他豎立榜樣。
想要讓他明白，只要努力，夢想就必定會實現。
同時我也自大地想著，說不定自己能改變環境，等他長大後，擺在他面前的會是多彩多姿的路。
看著他的睡臉，我偷偷地和他許下約定。
「如果我堅持到了最後，你就要有自信，你的未來也能靠著努力得到幸福。」
然後就在我兒子一個月時——
他過世了。
沒有任何原因，也沒有任何徵兆的，他突如其來地在深夜離開了人世。
在他死前的那個夜晚，我還在寫《深表遺憾》第五集的稿子。
這是我人生中最大的打擊。
之後的每一幕都成了我的惡夢和心靈創傷。
心就像被挖了一個大洞，深深的悲傷和愧疚感讓我無法睡覺。
——我到底在做什麼呢？
很快地處理完兒子的喪事。
我向工作的地方請了長假，回到南部的老家。
接著的一個多月，我什麼事都無法做。

無法思考、也無法寫出任何一個字。

我向尖端出版道歉，也告知暫時無法寫作了，原本排定的稿期和時程請幫我全數取消。

那時主編和責編說了讓我感念一輩子的話——

「等到你想寫時再寫就好，不管多久都沒關係，我們一定等你。」

在南部的日子中，我每天就只是吃飯、睡覺、醒著發呆。

除了家人外，我也幾乎斷了所有關心我的人的聯絡。

那時，只想一個人靜靜，覺得心再也無法承受任何事。

兒子的臉龐和最後的模樣常常出現在腦中，只要一出現，胸口就會劇痛。

不過即使這樣了，我的臉書經營還是沒有停止。

藉著和粉絲互動，打打文章，好像有稍微轉移一點注意力。

坦白說，我那時也起了放棄寫作的念頭。

時光流逝。

多虧了家人的用心陪伴，我稍稍康復了一些。

接著，我的生日到了。

照慣例，大量的粉絲向我祝賀，我也一一回覆。

只是，很多人知道小小鹿的事，甚至有人畫了我抱著他的圖向我恭喜。

那時看著那張圖，我在電腦螢幕前痛哭失聲。

我一直沒跟粉絲交代他過世的事，因為這實在太沉重。

很多人追蹤我的臉書，是想看有趣的文章，想看我新書的訊息。
我個人的私事，實在不應該影響到大家的心情。
但是，即使他已經過世了，即使大家根本沒看過他——
還是有人記得他。
因為我作家的身分和我的書，他被大家所記得。
在難過至極的同時，我也有了些許欣慰。
當天晚上，我作了一個夢。
我站在山上的一個高臺處，這裡空氣清新，風景優美，不知為何一個人都沒有。
過了不知多久後，「某個人」出現在我身旁。
我不知道他是誰，一直到現在，我也想不起他的臉龐。
這個人跟我說：
「你現在站的地方，是離天堂最近的地方。」
在兒子過世後，我無數次祈求他在天堂過得好好的。
所以我一直追問那個人，他是否安好，有沒有幸福。
那個人只是笑著，並沒回答我。
「那麼，可以讓我去見他嗎？」
「現在還不是時候。」
他笑著拒絕了我。
不管我怎麼哀求，他都不讓我見兒子一面。

「你還有未完成的約定。」

當他說完這句話後，我就醒了。

這是個很古怪的夢。

至今看過的書，從沒看過「離天堂最近的地方」。

那個和我說話的人究竟是誰，我也完全不知道。

只是，我一直惦念著這個夢。

我沒將這個夢跟任何人說，就連親近的家人也都守口如瓶。

「你還有未完成的約定。」

我不斷地想著這句話，心想那個約定是什麼。

經過好幾天的深思後，我重新寫起了稿子。

從他過世至今，約一年半。

我終於完成了《深表遺憾》這個系列。

我曾有所猶豫。

但在最後一集的最後，我還是選擇了將這段往事寫出來。

因為我想我終於完成了約定。

「如果我堅持到了最後，你就要有自信，你的未來也能靠著努力得到幸福。」

我的兒子啊。

雖然你根本聽不懂我當時說的話語。

雖然你根本不知道我曾和你許下約定。

但是我依約完成了這套系列，現在輪到你了。

即使不做任何努力也沒關係——

你在天堂要過得幸福喔。

國家圖書館出版品預行編目資料

深表遺憾，我病起來連自己都怕7 / 小鹿作.
-- 1版. -- [臺北市]：尖端出版：家庭傳媒城邦分公司發行, 2019. 08-

冊； 公分

ISBN 978-957-10-8614-9（第7冊：平裝）

863.57　　　　108007691

浮文字

深表遺憾，我病起來連自己都怕7

著　　者／小鹿
發 行 人／黃鎮隆
總 編 輯／洪琇菁
執行編輯／曾鈺淳
企劃宣傳／邱小祐、劉宜蓉
文字校對／施亞蒨

封面插畫／Mocha
副總經理／陳君平
國際版權／黃令歡、李子琪
美術編輯／陳聖義
內文排版／謝青秀

出　　版／城邦文化事業股份有限公司 尖端出版
台北市中山區民生東路二段一四一號十樓
電話：（〇二）二五〇〇—七六〇〇
傳真：（〇二）二五〇〇—二六八三
E-mail：7novels@mail2.spp.com.tw

發　　行／英屬蓋曼群島商家庭傳媒股份有限公司城邦分公司 尖端出版
台北市中山區民生東路二段一四一號十樓
電話：（〇二）二五〇〇—七六〇〇（代表號）
傳真：（〇二）二五〇〇—一九七九

北區經銷／祥友圖書有限公司
電話：（〇五）八五一一—三八五一
傳真：（〇二）八五一一—四二五五

中彰投以北經銷／楨彥有限公司（含宜花東）
電話：（〇二）八九一九—三三六九
傳真：（〇二）八九一四—五五二四

雲嘉經銷／智豐圖書有限公司 嘉義公司
電話：（〇五）二三三—三八五二
傳真：（〇二）二三三—三八六三
客服專線：〇八〇〇—〇二八—〇二八

南部經銷／智豐圖書有限公司 高雄公司
電話：（〇七）三七三—〇〇七九
傳真：（〇七）三七三—〇〇八七

一代匯集／香港九龍旺角塘尾道六十四號龍駒企業大廈十樓B&D室
電話：（八五二）二七八三—八一〇二
傳真：（八五二）二五八二—一五二九
E-mail：hkcite@biznetvigator.com

新馬經銷／城邦（馬新）出版集團Cite（M）Sdn. Bhd.
E-mail：cite@cite.com.my

法律顧問／王子文律師 元禾法律事務所
台北市羅斯福路三段三十七號十五樓

二〇一九年八月一版一刷

■中文版■